작가가 말한 시소

KB050870

처음부터 끝까지 마주 보았던 순간들

함께하는 것. 사랑의 두 뺨처럼

이 겨울이 지나면,
같이 봄 바다 보러 가요♡

윤해지

투명하게 열린 자리

시소에게, 멀리,
그러나 독자의 마음 가까이!

김멜라

시와 소설 이야기를 나누는
소중한 공간

오래도록 담소를 나누어 주세요

전예진 2023

꿈속으로 드리워지는 커튼

미미한 파란처가 되어주세요

Moon 보영

함께 모여 앉아 완성되는
우리의 음악, 모두가 함께 쓰는 시

따뜻한 겨울 보내세요,
시소 화이팅♡
주민현 드림

사계절, 밤하늘 별자리

제 소설을 읽어주셔서
감사합니다
큰 응원을 받았어요!

최진영

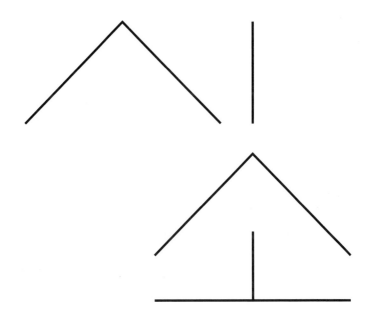

두번째

2023 시소 선정 작품집

차례

*   봄의 소설 선정작인 이주혜 작가의 「그 고양이의 이름은 길다」는 저자의 사정으로 수록되지
    않았습니다. 독자분들의 양해를 구합니다.

봄

봄

시

임솔아
2013년 중앙신인문학상을 통해 시를, 2015년 『문학동네』를 통해 소설을 발표하기 시작했다. 시집 『괴괴한 날씨와 착한 사람들』 『겟패킹』, 소설집 『눈과 사람과 눈사람』 『아무것도 아니라고 잘라 말하기』, 장편소설 『최선의 삶』 등이 있다.

특권

펜스 앞에 서 있었다.
현수막을 보고 있었다.

긴급 폐쇄라고 적혀 있었다.
공원 바깥에도 산책로는 있으니까
갈 수 있는 바깥이 아직 좀 더 있었다.

친구가 자기 허벅지를 손바닥으로 때리고 있었다.
10월인데 아직도 모기가 있다면서.

이렇게 태연해도 되는 거냐고
나는 물었다.

태연만이라도 해봐야 하지 않겠냐며
친구는 웃었다.

길에 누군가의 조각상이 있었다.
그 위에서 미끄럼틀을 타고
침을 뱉는 아이들이 있었다.

우리 집 개가 죽었을 때
이제 개소리 안 난다며 기뻐하다
미안해했던 옆집 여자.

그 여자네 집에서 어느 날부턴가
개소리 들려왔을 때
참 듣기 좋다고 꼭 말해주고 싶었는데.

이제 옆집 여자는 소리를 지르지 않고
자주 흥얼거린다.
개가 여자의 허밍에 맞춰 노래를 한다.

동작을 감지했다고
홈캠이 알림을 보냈다. 앱을 켜 보면
집에는 아무도 없고

방에 들어온 햇빛만 펄럭이며 움직이고 있었다.
햇빛이 집 안을 너무 자주 걸어 다녔다.

봄

방에 들어온 햇빛을
색종이처럼 접으며 논 적이 있었다.

반복해서 접으면 유리병에 모아둘 수 있었다.
모으다보면 왠지 소원을 빌어야 할 것만 같았지만.

망해가는 것도 특권이라는 말을
친구는 들었다.
그 말이 도움이 되었다 했다.
아무것도 빌지 않기로 했다.
그게 우리의 소원이기로 했다.

나는 주머니에 손을 넣어 구겨진 영수증을 꺼냈다.
친구는 주머니에 손을 넣어 햇빛 한 장을 꺼냈다.

걷다가 쓰레기통이 나온다면 버리기로 했다.
없다면 집에까지 잘 가져가서 버리기로 했다.

나는 집에 돌아와 개를 씻긴다.
털에 물이 닿을 때마다 개는 바들바들 떤다.
비명을 지른다. 물이 자기를 죽이기라도 할 것처럼.

11   임솔아. 특권

따뜻해. 괜찮아. 그냥 물이야.
아무리 말해도 소용이 없다.

이상한 평화로움 속에서

임솔아 × 노태훈

노태훈   『자음과모음』 '시소' 프로젝트, '봄의 시'로 선정된 「특권」을 쓰신 임솔아 시인을 모시고 이야기를 나눠보도록 하겠습니다. 우선 간단히 인사 말씀을 들어보고 이야기를 진행하면 될 것 같은데요, 그간 어떻게 지내셨는지 근황도 좋고요.

임솔아   네, 안녕하세요. 임솔아라고 합니다. 작년과는 달리 좀 부지런하게 살겠다고 1월 1일부터 다짐을 하였는데요. 역시 새해는 구정(설날)부터, 라는 생각으로 2월을 맞이하였네요. 요즘은 역시 진짜 봄은 3월부터라고 되뇌며 지내고 있습니다.

노태훈 이 인터뷰가 유튜브로 나갈 때쯤이면 아마 4월 중순 정도가 될 것 같은데 그때 또 어떻게 말씀하실지 지켜봐야겠습니다. (웃음) 일단 봄의 독자분들께 가장 소개해보고 싶은 시로 선정됐다는 연락을 받으셨을 때, 특히 「특권」이라는 시가 선정됐다고 했을 때 어떤 기분이셨는지 궁금합니다.

임솔아 의외였어요. 이 시가 어쩌면 밋밋하게 느껴질 수 있다고 생각했거든요. 감정들이 숨어 있는지라, 발견되지 못할 거라 여겼어요. 좋다고 느낄 사람이 있을 거라는 예측은 거의 못 했다고 봐야겠네요.

노태훈 작년 말에 두 번째 소설집 『아무것도 아니라고 잘라 말하기』(문학과지성사, 2021)를 출간하셨고, 얼마 전에는 거기 실린 「초파리 돌보기」라는 단편이 젊은작가상 대상을 수상하는 경사가 있기도 했습니다. 굳이 '시소' 소식과 비교해서 여쭙지는 않겠습니다. (웃음)

임솔아 (웃음) 아니에요, 기뻤어요.

노태훈   기쁘고 좋은 일이 많은 시기였는데 올해 더 부지런해
        지시겠다고 하니까 독자분들께는 기대가 되는 한 해
        가 아닐까 싶습니다. 이제 시에 관해서 본격적인 이야
        기를 나눠보면 좋을 것 같은데요. 일단은 「특권」이라
        는 제목의 시이고 "망해가는 것도 특권이라는 말을/친
        구는 들었다"라는 구절이 나오니까 이것이 아마 이 시
        를 쓰게 하는 계기나 원동력이 되지 않았을까 짐작해
        보게 되는데요. 이 시를 쓰게 되신 특별한 계기, 배경
        같은 게 있을까요?

임솔아   몇 년 전부터 코로나 바이러스가 유행하기 시작했잖
        아요. 어찌하다 보니 제가 그때부터 전업 작가로 지내
        게 되었습니다. 바이러스 때문에 그렇게 되었다고 말
        하기는 어렵지만요. 어쨌든 처음 전업 작가가 되었을
        때만 해도 팬데믹이 이렇게까지 오래갈 줄 몰랐고, 몇
        개월이 지나 바이러스가 잠잠해질 무렵이면 생계를
        위한 또 다른 일을 찾게 되지 않을까 생각했거든요. 그
        래도 집에서 할 수 있는 일이 꾸준히 있었어요. 몇 번
        의 위기를 맞기는 했지만, 계속 일을 하며 지냈습니다.
        저는 그걸 일종의 특권이라고 생각했고, 지금도 그렇
        게 생각하고 있어요. 그 사실을 잘 인지하고 있어야 한
        다고도 생각하고요. 제 주변에는 저와 상황이 다른 분

도 꽤 있어요. 일이 아예 사라졌다거나, 집을 빼서 다른 곳으로 이사 가야 했다거나. 가끔 그분들과 함께 산책을 했습니다. 미세먼지가 사라져서 하늘은 화창하고, 사람이 줄어서 주변은 조용하고. 그분들이 공통적으로 하는 이야기가 있었어요. 자기는 그나마 상황이 나은 편이고 잘 지내고 있다고 하더라고요. 자기는 집을 뺄 보증금이라도 있었는데, 보증금이 없는 사람은 지금 어떻겠느냐는 식이었달까요. 그리고 우리는 무엇인가를 더 바라지 않기 위한 대화를 자꾸 나누었어요. 전체적으로 평화로운 분위기의 산책이었고, 이 평화로움이 참 기묘하다고 느껴졌어요.

노태훈 단순하게 말하면 이 시는 친구랑 둘이서 동네를 한 바퀴 돌고 집으로 다시 돌아오는 여정이라고 할 수 있을 텐데요. '나'와 '친구' 두 사람이 나오니까 이들이 처한 상황이나 각자의 성격이 어떻게 같고 다를까, 궁금해 하면서 시를 읽었습니다. '나' 같은 경우에는 필요 없는 영수증도 잘 버려야겠다고 다짐하는 사람이고, 같은 장면에서 '친구'는 주머니에서 햇빛을 꺼내기도 합니다. 이 부분을 읽으면서 두 사람이 세계를 함부로 대하지 않고, 미약한 희망도 놓치지 않으려고 애쓰고 있다고 느꼈는데요. 두 사람의 상황이나 인식은 또 다를 수도 있을 것 같더라고요.

임솔아 두 사람의 심정은 비슷할 수 있다고 생각합니다. 갖고 있는 태도나 입장도 닮은 바가 있겠죠. 그러나 상황은 다를 수도 있겠어요. 서로의 주머니에 들어 있는 것이 다르니까요. 이들이 딱히 어떤 종류의 희망을 갖고 있다고 생각지는 않습니다. 자신의 주머니에 있는 햇빛을 더 오래 가져가기 위해 계속 주머니에 넣어두는 것이 아니라, 잘 버리기 위해 계속 주머니에 넣어두는 것이라서요. 자신의 신세를 한탄하는 것조차 죄스럽고, 소원을 비는 것조차 회의감을 느끼는 상태. 그러면서도 작은 쓰레기를 함부로 버리지 않기 위해 함께 노력하고 있는 상태. 이 세상에 어떤 방식으로든 폐를 덜 끼치려 하는 사람에 가까울 거예요. 아무것도 빌지 않겠다는 이들의 다짐은 언뜻 보기에는 냉소처럼 보일 수 있겠지만, 실은 냉소가 아닌, 쓰레기를 버리더라도 집까지 가져가서 버리겠다는 태도와 연결되어 있다고 생각하면서 썼어요.

노태훈 그 부분을 읽으면서 저희가 아마 이 사람은 지하철역 앞에서 누가 전단지를 나눠 주고 있으면 그냥 무시하고 지나치지 못할 사람이다, 가게에서 받은 영수증을

버려달라고 말하지도 못해 가지고 있는 것 같다, (웃음) 이런 이야기를 나누었는데요. 무척 사려 깊고, 타인을 배려하는 삶의 태도를 가진 사람이라고 볼 수 있겠죠?

임솔아 네, 그 태도에 대해 양가감정을 갖고 썼어요. 말씀하신 것처럼 이들은 영수증도 다 받고, 전단지도 다 받고, 쓰레기도 집에 가져가서 버릴 거예요. 아주 작은 것까지 신경 써가며 일일이 더 나은 방향을 고려하며 행동할 거예요. 아까 제가 같이 산책한 사람들을 떠올리면서 썼다고 말씀드렸는데요. 응원하는 마음이 제게 있었기 때문에 그들을 떠올리게 된 걸 거예요. 이 사람들이 이렇게 세심한 것까지 마음을 쓰는 사람이기 때문에 제가 그들을 좋아하는 것이고 응원도 하는 것이라 생각하는 한편, 그들이 타인과 세계를 생각하다 정작 스스로는 잘 돌보지 못하는 느낌, 일종의 안타까움 같은 것도 있었습니다.

노태훈 창작자 입장에서는 평이한 느낌으로 쓴 시고, 그래서 임팩트 있는 감상을 주긴 어려울 것 같았다고 말씀하셨는데요. 사실 매우 일상적인 풍경이고 특별한 사건도 일어나지 않기는 합니다. 그런데 읽다 보면 이 시에서 왠지 모를, 어떤 불길함이나 불안 같은 게 느껴져

요. '옆집 여자'나 '비명을 지르는 개' 등이 그런 역할을
하는 것 같기도 하고요. 이 불안함에 어떤 구체적인 원
인이 있는 것일까요?

임솔아 이들의 산책이, 어떤 일이 일어난 이후에 끝나지 않음
이 지속되는 상태처럼 저는 느껴졌어요. 사건이 일어난
이후에 대해 이야기하고 싶었습니다. 영화에서 어떤 커
다란 사건이 일어나면, 그 이후에 주변은 폐허가 되고,
폐허 속에서 살아남은 사람들이 한 명씩 나타나 다시
재건을 위한 노력을 하게 됩니다. 모든 재앙은 끝난 것
처럼 보이고, 이제 새로운 가능성만 남은 것처럼 보이
죠. 그러나 재앙이 끝나지도 않고, 주변이 폐허가 되지
도 않고, 오히려 더 화창해지는 날씨 속에서, 천천히
산책하면서, 서서히 망해가는 자신들의 이야기를 담
담하게 나누게 될 거라는 것. 이런 '사건 이후'는 상상
해본 적이 없었어요. 그래서 무척 묘하게 느껴졌고요.
그러다가 개 이야기가 떠올랐어요. 지금 시에는 "우리
집 개가 죽었을 때/이제 개소리 안 난다며 기뻐하다/
미안해했던 옆집 여자"라고 되어 있지만요. 초고에는
'미안해했던'이 없었어요. '우리 집 개가 죽었을 때/이
제 개소리 안 난다며 기뻐했던/옆집 여자'라고 적었었
죠. 예전에 옆집에 그런 여자가 있었어요. 저희 집 개

가 죽었는데, 개소리가 안 난다면서 좋아하더군요. 그
런데 어느 날부턴가 그 집에서 개소리가 들리는 거예
요. 그때부터 양가감정이 들더라고요. 개소리가 듣기
좋다는 말은, 진심으로 그 소리가 듣기 좋고, 그 개가
그 집에서는 오래오래 잘 살았으면 좋겠다는 마음인
것도 있고요. 한편으로는, 당신이 그때 나에게 얼마나
큰 상처를 줬는지 굳이 알려주고 싶다는 마음도 있는
거예요. 그러나 시간이 더 지나서, 여자가 흥얼거리고
개가 여자의 목소리에 맞춰 노래하게 되면, 더는 옆집
여자에게 어떤 말도 전하고 싶지 않아질 거예요. 그냥
개와 여자의 목소리를 듣는 것이 더 좋으니까요. 그냥
듣기만 하는 때가 오는 거죠. 이런 흐름이, 저는 이 산
책의 흐름과도 비슷하다고 여겨졌어요.

노태훈 그럼 시 도입부에 산책을 하다가 폐쇄되어서, 더 갈 수
없다고 이야기하는 부분들도 지금 말씀하신 의미망과
연결되는 지점이 있겠네요.

임솔아 네, 어떤 구역을 점점 잃어버리게 되는 것이니까요.

노태훈 「특권」이라는 제목으로 시작해서 곧바로 '펜스'가 등
장해서 저는 순간 '펜스룰'이 떠오르기도 했어요. (웃음)

젠더나 인종 같은 사회적 특권에 대한 시일 거라고 예상했는데 읽어보면 결국 더 넓은 의미의 '특권'에 관한 시 같습니다. 망해가는 것도 특권이라는 말이 도움이 됐다는 친구의 말에서 이 '도움'의 의미를 여러 가지로 생각해보게 되더라고요. 그 말이 위로가 되거나 상처가 되거나 기분이 좋았다거나 화가 났다는 게 아니라 '도움'이 되었다는 말이 굉장히 복합적인 의미로 느껴졌습니다.

임솔아 망해가고 있다고 생각하면 당연히 고통스럽겠죠. 고통에 빠져 있을 때에는 자신의 고통만 보고 있었을 테지만, 망해가는 것도 특권이라는 말을 듣고 나면, 바깥을 둘러보게 되었을 거예요. 그제야 사실을 인지했을 테죠. 자신만 인지하고 있다가 세계를 함께 인지하고 나면 자신의 고통을 예전처럼 볼 수는 없을 거예요.

노태훈 누군가가 보기에 나의 상황이 조금 나아 보일 수도 있겠지만, 그래서 그게 진짜 특권이라고 느껴질 수도 있겠지만 사실 당사자 입장에서는 그런 이야기는 하나도 도움이 안 된다고 여길 수도 있을 것 같은데요.

임솔아 언뜻 생각할 때 이런 이야기를 들으면 화가 날 것 같잖아요. 그런데 단숨에 수긍하게 되는 순간이 저는 오히려 많았던 것 같아요. 상대방도 그랬던 것 같고요. 누군가가 힘든 상태일 때, 진심으로 힘을 주고 싶을 때, 그러나 어떤 말도 전달되지 않는 것만 같은 때가 있었어요. 상대방의 기분을 잠깐 나아지게 할 수는 있었지만, 금세 제자리로 돌아가는 것만 같은 무력감을 느꼈달까요. 반대로 어떤 말도 저한테 전달되지 않는 것 같은 때도 있었죠.

이럴 때 갇혀 있는 시야를 깨는 것이 가장 좋은 방법일 수 있더라고요. 잊어버려서는 안 되었던 사실, 그러나 잠깐 잊어버리고 있던 사실을 비로소 알게 될 때, 아 그렇지 그 말이 맞네, 고개를 끄덕이면서 회로를 바꾸게 된다고 해야 할까요. 같은 회로 안에서만 맴돌다가 빠져나오게 되는 거죠. 비아냥이 섞여 있지 않은 정확한 사실을 마음 담아 전달하는 것이 포인트일 텐데, 사실 제가 잘해내는 일은 아니에요.

노태훈   시에서 '상실'에 관해서도 이야기해볼 수 있을 것 같아요. 개를 싫어하던 옆집 여자가 개를 기르기 시작한 부분이라든지, 이제 개는 세상에 없는데 집으로 돌아와 개를 씻기는 장면을 보면 다른 구절들은 다 과거형으로 쓰여 있는데 이 부분은 현재형으로 되어 있어서 일종의 환상일 수도 있겠구나, 생각했는데 어떻게 읽으면 좋을까요.

임솔아 어느 쪽으로 읽어도 무방해요. 예전에 키웠던 죽은 개를 지금도 계속 씻기고 있다고 생각할 수도 있고요. 예전에 키웠던 개는 죽고 이제는 집에 다른 개가 있다는 걸로 읽을 수도 있고요. 옆집 여자라고 말했던 그 여자가 바로 '나'라고 읽을 수도 있겠네요. 여러 방식으로 읽혔으면 좋겠다고 생각하면서 썼어요.

노태훈 그러면 관련해서 홈캠을 확인하는 장면도 이야기할 수 있을 것 같아요. 아마도 반려견 때문에 설치했을 텐데, 개가 분명히 죽고 없는데 알림이 와서 보니까 역시나 아무도 없고 햇빛만 일렁이는 장면이죠. 역시 여러 의미가 있는 것 같아요. 알림이 와서 봤더니 문제가 없구나, 잘못 울렸나 보다, 안도하게 되면서도 동시에 아, 얘가 없구나, 지금은 떠났구나, 하는 슬픔 같은 것도 느껴집니다. 또 한편으로는 지금 우리 집에는 아무도 없는데 알림이 온다는 건 모종의 불안이나 공포이기도 하고요. 이 부분도 여러 감각으로 읽힐 수 있겠네요.

임솔아 홈캠은 아이가 있는 집이나 강아지가 있는 집, 1인 가구에서 많이 설치하잖아요? 지금 이 사람은 집에 아무도 없으니까 1인 가구일 확률이 높을 거예요. 집에 분명 아무도 없을 텐데 홈캠 알림이 울리면 침입자부터 떠올리게 되겠죠. 불안할 거예요. 침입자가 없다는 걸 알게 되면 안도감이 들기도 할 거고요. 그러나 그걸 안도감이라고만 말하기는 어려울 것 같아요. 집에 더는 걱정하며 지켜볼 생명체가 없다는 거니까요. 예전에는 강아지가 있었으니까. 시에 대체적으로 평화롭고 아늑한 느낌이 흐른다고 저는 생각했는데요. 같은 맥락으로 복잡하게 읽혔으면 했어요.

노태훈 이 시를 함께 읽었던 한국문학 번역가가 시에서 햇빛을 모아서 담아 두는 장면을 읽고 박서원 시인의 「소망」(『아무도 없어요』, 열음사, 1990)이 떠올랐다고 하시더라고요. 저는 모르는 시여서 찾아봤는데 단순히 모티프 정도가 아니라 조금 더 겹쳐 읽을 수 있는 지점도 있지 않을까 생각하게 됐습니다. 그동안 시인님께서 쓰신 작품의 경로나 작가로서의 행보를 떠올려보면 이 시의 마지막 구절 "이제는 좀 편안해져야겠다"가 와닿기도 했고요. 아까 일종의 평화로움, 안도감 같은 말씀도 하셔서 「특권」을 모든 것이 완벽하게 해결된 상태는 아니지만 조금은 편안해지고 싶다는 느낌으로 읽어도 될지 여쭙고 싶습니다.

임솔아 박서원 시인의 시집 『난간 위의 고양이』(세계사, 1995)
는 읽었는데, 「소망」은 읽어본 적이 없었어요. 질문지
를 받고 나서 어젯밤에야 찾아 읽었거든요. 만약 읽었
더라면 각주에 썼을 거예요. 읽고 나서 기분이 참 묘했
어요. 닮은 면이 분명 있더라고요. "이제는 좀 편안해
져야겠다"니. 제가 편안한 감각에 대해 쓰려 했던 건
맞아요.

이 시를 쓸 때에, 마감 날이 지나버렸던가 그랬을 거예
요. 어쩌면 마감이 펑크가 날 수도 있겠단 생각을 하고
있었는데요. 보통 그런 상황이면 무척 불안하고 예민
해지는데, 그때는 그렇지가 않았어요. 가만히 방에 누
워서 강아지를 안고 있는데 상당히 편안하고 아늑했어
요. 내가 이렇게 아늑하게 누워 있다가 아늑하게 펑크
를 낼 수도 있겠다, 그런 생각을 하며 하루하루 계속 누
워 있었어요. 이런 식으로 원고를 펑크 낼 수도 있다는
상상은 해본 적이 없었거든요. 그러다가 생각이 꼬리
에 꼬리를 물었어요. 비명이나 외침도 없이, 아늑해하
면서 무언가를 놓아버릴 수도 있는 걸까, 심지어 약간
의 즐거움과 함께. 그렇게 고립되거나 침잠할 수도 있
는 걸까. 그런 것도 일종의 노력이 될 수도 있는 걸까.

인터뷰 _ 임솔아 × 노태훈

그러다가 "망해가는 것도 특권이라는 말을/친구는 들었다"라는 문장이 떠오르고, 산책하던 친구들도 떠오르고, 내가 얼마나 배부른 생각을 하고 있는가, 이런 생각도 들고요. 제가 아까 안도감을 안도감이라고만 말할 수는 없을 거라고 말씀드렸는데요. 편안함도 저에게는 그와 같지 않을까 해요. 편안해져야겠다는 마음이라기보다, 이 시를 쓸 때 저는 이미 편안했어요. 박서원 시인의 편안함과는 종류가 다를 수 있겠는데요. 아직까지 저에게 편안함이란 이 정도인 것 같아요.

노태훈 편안함의 의미가 다양할 수 있다는 생각이 듭니다. 박서원 시인의 편안함이 어떤 굴레를 벗어나 짐을 좀 내려놓고 싶다는 종류라면 「특권」은 여전히 해결되지 않았고 해결될 수 없을지라도 순간과 과정의 편안함에 관한 시이지 않나 생각해보게 됩니다. 마지막으로 가벼운 질문을 하나 드리자면 시에서 개를 씻길 때 개가 막 싫다고 비명을 지르잖아요. 그때 그 친구에게 '야, 이렇게 집에서 씻겨주고 돌봐주는 거 진짜 너 특권이야'라고 만약 말한다면 그 개는 '아, 그래. 이건 특권이지. 도움이 됐다, 나 잘 씻어야겠다' 이렇게 생각할까요? (웃음)

임솔아 개에게 그런 말 많이 했어요. 야, 너는 내가 다 씻겨주고 똥꼬도 다 닦아주고. (웃음)

노태훈 복 받은 줄 알아라, 너. 이러면서요. (웃음)

임솔아 하루만 바꿔서 살자, 나 사료도 진짜 잘 먹을 수 있는데. 그치만 개소리가 저에게 개소리로 들리듯이 제 말도 개에게 개소리로 들리겠죠. (웃음)

노태훈 그렇겠죠? (웃음) 임솔아 시인의 「특권」에 대해 이야기를 나눠봤습니다. 저희가 함께 작품을 읽었을 때 처음에는 다소 평범한 시라고 생각했지만 시에 관해 이야기를 나누다 보니 이 시가 무척 풍부하게 읽히는 느낌이었는데, 직접 말씀을 들으니까 더 다채롭고 의미 있게 다가오네요. 그러면 참여하신 소감을 간단히 여쭙겠습니다.

임솔아 음, 아늑하고 평화로웠습니다. (웃음)

노태훈 불편하거나 복합적인 감정 속의 평화인가요, 그냥 평화인가요? (웃음)

임솔아 제 나름은 재미있길 바라며 농담을 한 것인데…… 재미가 없었네요. (웃음)

노태훈 (웃음) 알겠습니다. 시는 보통 시집으로 묶여야 비로소 독자분들을 만나게 되는데 '봄의 시소'에 선정된 것을 계기로 많은 분들이 이 시를 '일찍' 읽어주셨으면 좋겠습니다.

임솔아 시집으로 묶일 때쯤이면 코로나가 이미 종식되어 있을 것 같아요. 지금의 생활도 잊어갈 때쯤이겠죠.

노태훈 그럼 그때는 되게 다른 시로 읽힐 수도 있겠네요, 이 시가.

임솔아 지금 우리가 어떤 감각으로 생활하고 있는지, 기억나지 않을 수도 있겠죠. '봄의 시소'에 선정되어서 가장 좋은 점은, 지금 함께 읽을 수 있게 되었다는 거예요.

노태훈 시가 좀 다르게 읽혀도 시집으로 묶여 나올 때는 이 시기가 얼른 끝이 났으면 좋겠네요. 오늘 고생 많으셨습니다.

임솔아　네, 감사합니다.

노태훈
문학평론가

여름

여름

시

윤혜지
2021년 경향신문 신춘문예를 통해 시를 발표하기 시작했다.

음악 없는 말*

물의 가장자리를
걷는 사람들

곧 멸종되는 조개를 줍는다

혹은 죄악 혹은 돌과 나무조각들

모든 것은 제자리에 두고
탐색
작은 것들을 옮겨 담는다

모래를 밟고 서서 물을 바라보는 건 낡고 근사하다 첫눈에 대해 말하는 노인들 같다
계절이 시작되면 그들은 이렇게 많은 눈은 처음이라고 했다
이상하지, 오래된 사람들은 늘 처음을 말하고

조개 줍는 사람들 곁에 앉아 조개에 붙은 모래알을 털어냈다 해안가 침식이 심각합니다 너도나도 모래를 퍼가서요 멸종은 조개가 아니라 모래에게 도래한 것 같아요

저기
온갖 것을 묻힌 사람이 지나간다 지나갔다 물속에 들어갔다 나오길 반복한다

무릎까지 차오른 바닷물 속에 손을 넣는다

모래를 퍼내면 모래는 느리게 밀려간다 더 깊은 곳으로

평범한 것들이 마음에 닿았다 떨어지는 순간
등 뒤에 사람들만 볼 수 있는 사건을

잠깐 쥐었다 놓아도 쥔 감각을 놓기까지는 시간이 걸린다

집에 가면
목이 긴 유리컵에 조개껍질이 한가득이다
그것을 관상하다, 같은 어려운 말로 쓰지는 않을 것이다

살아 있는 것을 골라 따뜻한 국물 속에 넣고

여름

죽은 것의

숨구멍끼리 꿰어 목걸이를 만들어야지 생각했지만 곧 잊혔고,
모두가 물가에 있었던 기억마저도 쓸려가고, 수심이 깊어져 이제
아무도 조개를 줍지 못할 곳까지 모래는 깊고 깊은 곳으로 들어
간다 빈 곳을 메우기 위해

우리는 그런 적이 있었지 하기도 전에 각자가 멸종되고

무너지는 것도 반복이라고

노인들도 죽고 이제 눈 이야기 해줄 사람도 없다 처음을 발음
할 사람도

* 필립 글래스의 동명의 책. 「음악 없는 말」, 프란츠, 2017.

윤혜지. 음악 없는 말

이상한 좋음, 말 없는 음악

윤혜지 × 김나영

김나영   안녕하세요.

윤혜지   안녕하세요.

김나영   오늘 처음 뵙는데, 시인님 시와 첫인상이 비슷한 것 같아요. 단정하달까요. (웃음)

윤혜지   감사합니다. (웃음)

김나영 우선『자음과모음』'시소' 프로젝트, '여름의 시'에 선정
되신 것을 축하드립니다.

윤혜지 감사합니다.

김나영 처음 소식을 들으셨을 때 어떠셨어요?

윤혜지 놀랐고 기뻤는데요, 제가 원래 감정이 갑자기 기쁘거나
놀라면 순간적으로 머리가 정지되면서 굉장히 로봇같
이 행동하게 되거든요. 그래서 연락받았을 때 너무 담
담했던 거 아닌가? 기쁨의 리액션을 더 해야 했는데 하
는 생각이 들었어요.

김나영 저도 화나거나 기쁠 때 오히려 더 차가워지는 편이어서
그 당시에 어떤 마음이었을지 알 것 같아요. (웃음)

윤혜지 네, 네. (웃음)

김나영 이 계절의 시소는 본지 편집위원들이 해당 기간에 발
표된 시와 단편소설을 최대한 읽고 그중에서 독자분
들과 꼭 함께 읽어보고 싶은 작품을 장르별로 네 편씩,
모두 여덟 편을 추천한 후에 외부 심사위원들을 모셔

서 최종적으로 이 계절의 시와 소설을 각각 한 편씩 선정하는 방식으로 꾸려져요. 이번 선정 과정에 참여하신 분 모두 이 시에 관해 좋은 의견을 주셨던 것으로 기억합니다. 이 작품에 대해서 시인님과 대화 나눌 기회가 마련되어 무척 반갑고 기뻤어요.

본격적으로 시 이야기를 하기 전에 가벼운 수다를 좀 나눠볼까 싶은데요. 최근에 코로나19로 생겼던 일상의 잠금장치가 하나둘 해제되고 있어요. 요즘 어떻게 달라진 일상을 보내고 계시나요?

윤혜지   저도 다른 분들처럼 집에 있게 되고 집에서 글을 쓰게 되는 경우가 많았는데, 상황이 조금씩 풀려가니까 약속도 잡고 미뤄뒀던 모임도 하고 사람들도 만나게 되더라고요. 며칠 지나서 오랜만에 가족 완전체로 여행도 가게 됐어요. 시를 쓰는 입장에서 생각해보니, 코로나 시기가 시작되면서 제가 본격적으로 시를 쓰기 시작했어요. 이 시기에 등단해서 조금씩 작품을 발표하고, 뭔가 시인로서의 제 인생은 코로나 시기에 시작되고 계속 진행되고 있는 거예요. 그렇게 생각하면 나중에 코로나가 끝났을 때 내 시는 어떤 모양일까 궁금해요. 왜냐하면 시는 어쩔 수 없이 이 시기에 느끼고 감각한 걸 주로 담고 있을 테니까, 코로나가 끝난 후에는 어떤 식으로 시가 흘러갈지 기대와 고민이 함께 되고 있어요.

김나영 지금까지 발표된 시들은 대개 등단 이후 사람들을 거의 만나지 않고 혼자 지내며 쓰신 작품들이겠네요. 시인님 시에 일관되게 나타나는 관찰 내지는 관조의 느낌이 이런 연유에서 생겨난 건가 싶기도 해요. 저마다 다른 사람들의 사소한 행동을 곁에서 지켜보는 관심 어린 시선을 시인님의 작품에서 자주 발견할 수 있었던 것 같아요. 앞으로 달라진 환경에서 새롭게 쓰일 작품들도 더욱 기대하게 됩니다. 어떤 같고 다름이 있는지 살펴보는 재미도 있을 것 같아요.
이제 '여름의 시'에 선정된 작품인 「음악 없는 말」에 관해 이야기를 나눠볼까요. 먼저 이 시를 쓰시게 된 특별한 동기나 계기가 있을지 여쭤보고 싶어요.

윤혜지 일단 바다부터 생각했던 것 같아요. 제가 바다가 있는 곳에서 태어나고 자라서 바다가 굉장히 익숙하고 좋아하는 공간이기도 해요. 저는 겨울 바다를 좋아하는데 특히 눈이 오는 바다를 좋아해요. 눈이 왔을 때 그대로 해변에 쌓이면서 바다에도 내리는 장면이 되게 환상적이고 현실 세계 같지 않은 분위기가 나거든요.

그런 장면도 시 속에 들어갔던 것 같고요. 바다나 강 같은 큰 물 앞에 사람들이 모이잖아요. 그걸 보면서 왜 사람들은 저렇게 크고 오래된 물 앞에 모여서 즐거워할까? 그런 생각을 종종 하면서 시에 살을 붙여나갔어요. 파도가 밀려올 때 파도의 가장자리를 따라서 걷는 사람들 혹은 모래를 온몸에 묻히고 노는 아이들. 그런 이미지들이 자연스럽게 흘러가면서 시가 쓰인 게 아닐까 싶어요.

김나영 방금 이야기를 들으며 괜스레 소름이 돋았어요. 저는 눈 내리는 바다를 본 적이 없어요. 바다 근처에 살거나 우연히 그 장면을 목격하지 않은 이상 눈이 오는 바다란 마주치기 어려운 대상일 것 같아요. 말씀하신 대로 정말 환상적이고 비현실적인 풍경일 것 같은데요. 이렇게 경험치에 따라 다른 함의를 가진 겨울 바다를 말하고 쓰고 읽고 떠올리게 되네요. 바다는 날씨에 따른 변화를 비교적 분명하게 보여주는 장소 같기도 해요. 시인님은 시시각각 변하는 바다의 표정 같은 것을 더 잘 알고 있으니 시에도 그런 점이 자연스럽게 반영되겠네요. 눈이 펑펑 내리면 땅에는 쌓이는데 바다에는 녹아드는 게, 필름이 수평선에서 뚝뚝 끊어지는 것 같지 않을까요?

윤혜지   맞아요. 스르륵 사라지는…….

김나영   사실 상상이 잘 안 돼요. 무언가가 내려앉는 순간 흔적
                도 없이 그냥 사라지는 것인지.

윤혜지   눈이 오면 바로 동해로. (웃음)

김나영   달려가야겠네요. (웃음) 이번 겨울에 동해에 눈이 엄청
                많이 왔잖아요.

윤혜지   네, 맞아요.

김나영   한참 뒤에 동해에 갔는데도 길가에 드문드문 녹지 않
                은 눈이 쌓여 있더라고요. 그 큰 눈이 내리던 당시에 바
                다에 있었으면 정말 환상적이었을 것 같아요.
                「음악 없는 말」에서도 물가에서 물을 바라보는 사람
                이 등장해요. 물의 가장자리에서 물을 바라보고, 걷고,
                조개껍데기 같은 작은 것들을 줍고 옮겨 담는 사람들
                이요. 이 자체만으로도 너무 많은 이야기가, 누군가의
                생과 사가 담긴 풍경처럼 느껴졌어요. 바다와 모래, 탐
                색과 멸종, 살아 있는 것과 죽은 것 그리고 노인. 이런
                단어들이 쓰여서일까요. 어쩌면 인류의 종말 직전이

이런 풍경일까 싶게 익숙하면서도 낯선 분위기가 느껴지더라고요. 혹은 인류가 처음 생겨났을 때 이랬을까, 물가에 모여 누군가는 바라보고 누군가는 걷고 누군가는 줍고 그랬을까 싶기도 했고요. 이처럼 이 시에서 인류의 마지막 혹은 처음의 날을 상상하고 그런 장면이나 분위기를 의도하신 건지 궁금했어요.

윤혜지 제가 그렇게 의도해서 쓰지 않아서 이것도 그냥 생각을. (웃음) 아까 관찰에 대해서 많이 말씀하셨잖아요. 그렇게 주변에 있는 것, 자주 봤던 것을 관찰하면 그게 시 속에 들어오는 것 같은데요. 저는 자연을 볼 때, 자연스럽게 시작과 끝을 생각하게 돼요. 바다나 눈을 볼 때도 그렇지만 정말 작은 잎사귀의 모양을 볼 때도 현실과 갑자기 동떨어지는 느낌이 들잖아요. 여러 가지 생각이 드는 거죠. 왜 각기 다른 모양일까. 갑자기 일상에서 확 동떨어지면서 지구도 생각하게 되고요. 특히 도시에 있을 때는 그런 생각을 잘 안 하잖아요, 하루하루의 삶을 살다 보니까.

그런데 자연에서는 멸종이란 감각이 갑자기 확 올 때가 있어요. 예를 들면 제가 시에서도 해안가 침식에 대해 썼는데 실제로 제가 어린 시절에 봤던 바닷가와 지금의 바닷가가 너무 모습이 다른 걸 체감했어요. 요즘은 조개껍데기도 확실히 수가 줄어서 많이 없거든요. 정말 우리가 기후 위기라고 이야기하지만 그게 거창한 어떤 큰 이야기가 아니라, 그냥 일상의 주변이 변하기 시작하는 게 보이면서 자연스럽게 멸종에 대해 생각하게 됐어요. 개인적으로는 기후 위기라든가 이런 이야기들을 어떻게 시에 끌어와서 쓸 수 있을지 고민하고 있어요. 이 시를 쓸 때는 그냥 막연했거든요. 뭔가가 느껴지긴 하지만 이게 뭐고 어떻게 해야 할지 생각이 제대로 정돈되지 않아서, 최근에 다른 창작자분들과 함께 기후 위기를 공부하고 각자의 창작물을 공유하는 모임을 갖고 있어요.

시인뿐 아니라 소설도 쓰시고 영상 작업도 하시고 회화 작업도 하시고, 다양한 장르의 창작자분들이 계세요. 아직 저는 그 안에서 배워가는 중이긴 하지만 계속 모임을 갖고 생각을 하는 게 제 시에도 도움이 되지 않을까 싶어요.

김나영 기후 위기에 대해서 함께 고민하고 공부하고 실천하는 창작자들 모임이라니 정말 재미있고 의미 있는 활동인 것 같아요. 그 모임에 대해 조금 더 이야기를 들어볼 수 있을까요? 어떻게 만들어졌고, 어떻게 활동하시는지.

인터뷰 _ 윤혜지 × 김나영

윤혜지   처음에는 기후 위기와 관련된 책을 읽으면서 시작했
            어요.

김나영   독서 모임 같은 거였군요.

윤혜지   네. 두 주에 한 번씩 모이는데 관련된 주제를 정해서 발
            제하고 같이 이야기도 하고 창작물도 공유하는 식으로
            모임이 이뤄지고 있어요. 기후 위기라는 게 그걸로 그
            냥 끝나는 이슈가 아니라 돌봄 문제로도 들어갈 수 있
            고, 차별 문제로도 갈 수 있고 해서 되게 다양하게 생각
            의 가지를 뻗어나가면서 광범위하게 우리를 감싸고 있
            는 사회의 여러 문제를 생각하고 이야기하게 되더라고
            요. 신기했어요.

김나영   제 경우에도 아이를 낳고 키우다보니 세상이 다르게
            보이더라고요. 제가 잘 사는 문제도 중요하지만 아이
            에게 물려줄 환경을 더불어 고려하게 되니까요. 우리
            가 당연하게 누리는 것들을 최대한 보존하고 지속하
            는 방법이 절실해져요. 이건 정말 혼자서 할 수 없는
            일이잖아요. 각자 고민하고 알게 된 것들을 공유하고
            실천해야 하는 일이니 그런 모임이 절실하게 필요하
            고요. 글 쓰는 사람들이 모여 그런 고민과 실천을 공유

하신다니 굉장히 솔깃하네요.

윤혜지 그리고 그림이나 영상 작업도 하시니까 같은 이슈를 어떻게 다양하게 자신만의 장르에서 풀어낼 수 있는 지…….

김나영 같은 주제를 갖고 각자의 분야에서 고민하고 창작하시는 거군요.

윤혜지 합평하듯이 서로 봐주기도 하고요.

김나영 그럼 혹시 이 시도 같이 읽어보셨나요?

윤혜지 이 시는 아직. (웃음) 아마 이걸 통해서 볼 수 있지 않을까요.

김나영 「음악 없는 말」을 최종 선정하는 좌담에서도 이 시의 문제의식이 기후 위기와 관련 있을 것 같다는 이야기를 나눴어요. 문학이라는 게, 시가 어떤 사회적인 문제를 대놓고 말하는 게 좀 어렵잖아요. 어쩌면 이런 식으로 환기하고 경각심을 갖게 하는 분위기를 조성하는 방식이 최선이라면, 이 시는 그런 역할을 충분히 하는

인터뷰 _ 윤혜지 × 김나영

것 같아요.

윤혜지   아, 그래요? 그럼 성공한 거네요. (웃음)

김나영   우리가 앞으로 어떻게 살아갈 것인가를 질문하는 시라고 할까요. 앞서 시인님이 어릴 때 봤던 바다와 지금 보는 바다가 너무 다르다는 걸 실감한다고도 말씀하셨는데요. 이 시를 읽으면 바닷가에 살며 그 변화를 체감하지 못한 사람들도 자연환경의 변화 혹은 이 같은 변화의 지속이 우리 삶에 어떤 영향을 미칠지를 상상해보게 되는 것 같아요. 가령 조개껍데기나 모래밭 같은 게 어떻게 달라지고 있을까, 계속 달라진다면 나중에는 어떻게 될까 하고요. 정말 사소하고 아무것도 아닌 듯한 대상들이 사실 우리 곁에서 점점 멀어지고 있다, 사라지고 있다고 생각하게 되면서 단지 해안의 변화뿐만 아니라 전반적인 삶의 조건을 되짚어보게 되고요. 우리가 사소하게 생각하는 것들이 모두 사라진 이후에도 우리는 그것들을 사소한 것이라고 말할 수 있을까요. 멸종이라고 말하면 일상과 거리가 먼 사건 같지만 그 상상을 우리에게 익숙한 작은 대상에 대입해보면 다른 실감을 갖게 되잖아요. 한 생물의 멸종이 아니라, 바다에 가면 모래밭이 있고 거기 흔하게 널린

여름

조개껍데기를 보고 줍는 게 자연스러운 일이었는데 나중에는 그런 경험을 아예 할 수 없게 된다고 생각해 보는 일이요. 그런 경험의 디테일이 달라지는 인간의 삶이란 지금과 어떻게 다를까도 상상해보게 되고, 여러모로 위기감과 각성을 주는 시이기도 했던 것 같습니다.

이 시에서 '노인'이라는 말이 반복해서 쓰이는데 이 반복 때문인지 굉장히 생경하게 느껴졌어요. "오래된 사람들"이라는 다른 표현도 쓰이잖아요. 살아 있는 한 존재를 '오래되었다'고 표현하는 게 낯설었고, 그 표현을 계속 곱씹게 되더라고요. 사람을 하나의 세계라고 가정한다면, 파도가 해변을 반복해서 오가며 땅의 모양을 바꾸고 또 뭔가를 가지고 가면서 가져다주기도 하듯이, 오래된 사람에게도 반복해서 무언가가 왔다가 가고, 갔다가 온 흔적이 있을 것이라는 상상을 좀 더 즉물적으로 해보게 됐고요. 그런 점에서 이 시에서 노인이라는 단어가 시인님께는 어떤 의미로 쓰였는지 여쭤보고 싶었어요.

윤혜지 제가 노인이 되면 어떨까 이런 생각을 요즘 들어서 하게 되거든요. (웃음)

인터뷰 _ 윤혜지 × 김나영

김나영　좀 이르지 않나요? (웃음)

윤혜지　일혼 살이 되면, 여든 살이 되면 그렇게 오래 사는 느
낌은 어떤 걸까 그런 생각을 해보는데요. 살면서 계속
반복되고 패턴화된 어떤 일상들이 있는데 그 안에서
되게 자잘한 차이들을 감각하는 사람들이 있잖아요.
세상에는 두 종류의 사람이 있는 것 같아요. 그냥 관성
적으로 사는 사람과 일상의 사소한 균열이라든가 차
이를 하나하나 보면서 생각하는 사람. 이 시에도 나와
있듯이 노인은 살면서 수없이 눈 오는 광경을 보고 겨
울을 겪었겠죠. 하지만 어떤 노인은 그냥 눈이 눈이지,
이렇게 말하지 않을 거라고 생각했어요. 노인이 되면
흔하게 봐온 것도 생경하게 느낄 수 있는 노인이 되고
싶어요. 다른 한편으로는 오래된 사람이란 한자리에
계속 있었던 사람이라고 생각하거든요. 한자리에서 세
계가 흘러가는 걸 보고 세계의 일부가 사라지거나 멸
종되는 걸 목격하는 존재로서의 노인을 생각했어요.

김나영　그런 노인이라면 그 자체로 어떤 인류 역사라고도 할
수 있을 것 같아요. 두 경우 모두 되게 멋지네요. 말씀
하신 대로 이 시의 노인에게는 새로운 것을 새롭게 보
는 한결같이 유연한 시선을 가진 사람의 모습도 있고,

한편으로는 한자리에 정박한 채로 어떤 변화를 목격하고 있는 사람의 모습도 있는 것 같아요. 이 작품은 전반적인 풍경도 그렇고 노인이라는 존재도 그렇고, 분명하게 고정된 이미지보다는 계속 흘러가는 것들을 보여주려는 듯 쓰인 시 같아요. 마치 타임랩스 효과처럼 카메라를 고정시켜두고 어떤 운동과 정지를 포착해보려는 시도에서 새롭고 낯선 이미지가 그려지는 것처럼요.

오늘 대화를 나누기 위해 이 자리에 오는 길에도 이 시를 읽었는데, 이전에 이 시를 읽고 그린 그림이 또 조금 변한 것 같다는 느낌이 들었어요. 영원히 고정되어 있거나 불변하는 것은 없다는 것을 화자의 진술로써 강조하기보다 초점이 분명하지 않도록 장면을 계속 지워내는 방식의 묘사를 통해 풍경을 그려내고 있기 때문일까요. 읽을 때마다 새로운 생각과 느낌이 드는 시인 것 같습니다.

윤혜지 잘 읽어주셔서 감사합니다. (웃음)

김나영 우리가 당면한 기후 위기나 그보다 더 넓게는 인류의 삶 전반에 대한 상상을 유도하는 시이기도 하다는 점에서, 이 시를 10년 후에 읽으면 또 어떤 새로운 이야기를 하게 될까 하는 기대도 들고요.

윤혜지 10년을 바라보면서. (웃음)

김나영 제목 이야기를 빠뜨릴 수 없을 것 같아요. 선정 좌담에서도 제목에 관한 대화를 많이 나눴는데요. 음악가 필립 글래스의 자서전이기도 한 동명의 책 제목에서 이 시의 제목을 따왔다는 각주가 달려 있기에 모두 필립 글래스가 누구인지, 그 책이 어떤 이야기를 담고 있는지 그리고 그의 음악은 어떤지 검색해서 읽고 듣고 하셨더라고요.

윤혜지 너무 많이 연구하셨는데요. (웃음) 필립 글래스 음악을 들으면서 썼어요. 들으셨겠지만 동일한 멜로디가 계속 반복되면서 조금씩 변주돼요. 《글래스 웍스》라는 앨범에 〈오프닝〉이라는 곡이 있어요. 꼭 들어보세요. (웃음) '폴리 리듬'이라고, 피아노를 연주할 때 왼손의 리듬과 오른손의 리듬이 다른 거예요. 다른 박자로 계속 이어진다는 게 생각해보면 불안정할 수도 있고 좀 머리 아플 수도 있어요. 그런데 생각 외로 계속 들었을 때 묘한 안정감을 줘요. 그 리듬이 서로 얽히고설키는 게, 바다에서 파도가 각기 다른 파형으로 밀려오지만 자연스럽게 어우러지잖아요. 기묘한 안정감을 주는 곡이어서 계속 들으면서 이 시를 썼어요. 필립 글래스 음악의 리듬감과 톤에 이 시가 빚지고 있지 않나 싶어서 제목을 그렇게 붙이게 됐습니다.

김나영 〈오프닝〉이라는 곡은 꼭 다시 들어봐야겠어요. 필립 글래스와 무관하게 '음악 없는 말'이라는 제목만 놓고도 많은 생각을 하게 되잖아요. 음악이 있는 말은 무엇일까, 음악 없는 말은 음악이 있다가 사라진 이후의 말이라는 뜻일까 등등. 덧붙여서 시를 이야기할 때 우리는 자주 이 안에서 음악성이라는 것을 발견해보려는 시도도 하잖아요. 대표적으로 시의 리듬을 분석하는 경우요. 그런데 '음악 없는 말'이라는 제목이 그런 시의 형식적인 부분에 대한 강조와 부정을 동시에 의식하게 하는 것 같아요.

윤혜지 그런 건 있는 것 같아요. 이 시를 쓰면서 말에 대해서도 생각해봤거든요. 어쨌든 시가 음악성이 있긴 하지만 결국에는 말을, 언어를 재료로 해서 쓰이는 거잖아요. 저는 어릴 때부터 말에 대해서 좀 어렵다는 생각을 했어요. 왜 말을 하면 할수록 내가 정말 하고 싶은 말과는 멀어지는 거지? 나는 뭔가를 상대방한테 얘기하는

　　　　　　　　인터뷰 _ 윤혜지 × 김나영

데 그게 딱 100퍼센트 가까이 붙지를 않는 느낌이 드는 거예요. 내가 말할수록 오해하고 내가 정말 전하고자 하는 진실과는 멀어지는 것 같다는 생각을 많이 했거든요. 그래서 만약에 시를 쓴다면 '음악 없는 말'이 아니라 '말 없는 음악' 같은 말을 쓰고 싶다는 생각이 많이 들었어요. 이게 어떻게 보면 아이러니한데요. 어쩔 수 없이 나는 언어를 가지고 이걸 다듬어서 써야 하지만, 그럼에도 불구하고 시가 갖고 있는 어떤 속성에 기대서 내가 음악 같은 말을 써도 오히려 언어로 명징하게 이야기하는 것보다 내 진심을 상대방에게 더 가까이 전해줄 수 있지 않을까 싶어요. 질문해주시니까 갑자기 생각났어요.

김나영 제가 하고 싶었던 말이 딱 그 말이에요. (웃음) 앞에서도 했던 이야기지만, 이 시를 읽으면 어떤 풍경이 그려지고 파도 소리가 들리고 사람들의 무수한 시선과 사소한 동작들이 눈앞에서 펼쳐지는 것 같아요. 이런 말의 의미를 해석하기 이전에 감각적인 효과를 우선으로 체험하게 하는 시인데, 그럼에도 시는 언어로 쓰이고 읽히는 것이라는 사실에서 벗어나지 못하잖아요. 시의 본질은 '말 없는 음악'에 가까운 게 아닐까 하는 생각을 유도한다는 점에서 이 시의 제목이 되게 역설

적이라는 생각도 했어요.

윤혜지   잘 읽어주셔서 감사합니다. 저도 모르는 제 생각을 끌어내주셔서. (웃음)

김나영   개인적으로 이 시에서 되게 좋았던 부분은 이런 구절들이었어요. "평범한 것들이 마음에 닿았다 떨어지는 순간" "잠깐 쥐었다 놓아도 쥔 감각을 놓기까지는 시간이 걸린다"처럼 아주 사소하고 미세해서 마음을 기울여서 세심하게 보지 않으면 알 수 없는 것에 대한 포착이 쓰인 문장들이요. 이 시의 배경은 굉장히 광활하고 막연한 분위기를 발생시키는데 그것과 대조적으로 모래알 하나가 누군가의 등이나 엉덩이처럼 잘 보이지 않는 곳에 붙었다가 떨어지는 찰나가 있고 그걸 또 다른 누군가가 목격하는 순간이 있다는 사실을 동시에 그린다는 게 흥미로웠어요. 시인님은 이런 사소하고 미세한 것이 가진 힘이랄까요, 그런 작은 것이 누군가의 삶이나 인류의 생사라는 더 포괄적인 범주에 미치는 영향력에 대해 어떻게 생각하시는지 궁금해요.

윤혜지   네, 정말 영향이 크다고 생각해요. 실제로 아주 큰 사건이 사람에게 큰 영향을 미치지만 차곡차곡 누적된 작고 사소한 것들도 큰 힘을 발휘할 때가 있잖아요. 그런 것들로 인해 삶에 갑자기 균열이 일어날 수도 있고 굉장히 사소한 누군가의 말이나 행동이 누군가에겐 구원이 될 수도 있고요. 다른 시인분들도 그러시겠지만 저도 사소한 것들, 그냥 소소하게 지나치는 것들에 마음이 많이 기울어지는 것 같아요. 이건 여담인데 저희 엄마가 양말을 신으시면서 "양말이 돌아가면 늙는 거래"라고 이야기하시는 거예요. 나이가 들면 몸이 건조해지잖아요. 그래서 양말이 계속 흘러내리거나 돌아간다는 이야기인데, 엄마조차도 기억 못 하고 지나친 말일 수도 있지만 저는 계속 마음에 남는 거예요. 왠지 나중에 엄마를 생각하면 그 말과 장면이 떠오를 것만 같고, 나도 언젠가 누군가에게 그런 말을 할 것만 같은 생각이 들었어요. 정말 아까 말씀하신 것처럼 사람들은 이런 사소한 말을 몸 어딘가에 묻힌 채로 살아가는 거 아닐까, 그런 생각이 들었어요.

김나영 이제 저도 어머니의 그 말을 잊을 수가 없을 것 같아요.

윤혜지 같이 써요, 나이 들면. (웃음)

김나영 어쩌면 드라마에 나온 대사였다면 가볍게 '좋네' 하고 지나쳤을 것 같은데, 엄마가 해서 그 말의 원래 의미나 의도와는 무관하게 해석하고 받아들이게도 되는 거겠지요. 말 그대로 그 말이 놓인 장면이 내 인생에 각인되도록 하는 말이 있는 것 같아요. 앞서 사소한 것의 힘 내지는 영향력에 관해 질문드렸는데, 말의 능력이랄까 가능성이 그런 것 같아요. 누군가 무심결에 내뱉은 가벼운 말이지만, 듣는 이에 따라 자기 삶을 압도하는 것처럼 무겁게 받아들일 수도 있고요.

윤혜지   맞아요.

김나영   우리는 말을 가장 가볍고 사소한 것으로 취급할 때가 많은데 그것만큼 중대한 힘과 영향을 가진 게 없다는 생각을 이 시를 읽으며 새삼 하게 됩니다.

윤혜지   그래서 말을 하면 할수록 좀 무서워지는 것 같아요. 나는 정말 생각 없이 그냥, 아니면 무심코 한 말이 어딘가에서 씨앗이 터서 자라나 누군가에게 긍정적인 영향도 줄 수 있지만 상처도 줄 수 있잖아요. 그런 걸 생각하면 이제 말을 잘 못 하겠어요. (웃음)

김나영   한참 후에 저도 기억하지 못했던 말을 꺼내며 누군가

가 너 그때 그렇게 말했었잖아, 했을 때의 충격과 공포
가 있죠. 그게 좋은 말이었든 아니었든 간에요.

윤혜지 맞아요.

김나영 저는 아이를 기르다 보니 말이 가진 힘이라는 걸 좀 다
른 각도에서 보게 되었는데요. 가령 아이가 무슨 말을
하는 순간 즉각 알아차리게 되는 말의 기원이나 출처
가 있달까요. 내가 자주 쓰면서도 몰랐던 말, 내가 습
관적으로 했던 말이 아이의 입에서 흘러나올 때가 있
어요. 그 순간 각성하게 되죠. 저 말이 나구나, 내가 모
르는 나의 부분이구나 싶기도 하고, 말할 때 좀 더 조
심해야겠구나 싶고요. (웃음) 우리가 사소하게 취급하
지만 결코 사소하지 않은 그런 말의 역할을 이 시가 굉
장히 감각적으로 포착하고 있는 것 같아요. 제가 앞서
좋아하는 구절이라고 언급한 문장들은 한편으로 보면
뭔가가 마음에 닿았다가 떨어지는 순간, 너무나 순간
적이고 비가시적인 접촉이지만 그게 아주 크고 가시
적인 사건의 시초가 될 수 있다는 인식을 또한 담고 있
는 것 같아요.

윤혜지 해석을 잘해주셔서 너무 좋네요. (웃음) 저 지금 막 깨

닫고 있어요.

김나영 거대한 주제 혹은 방대한 시적 대상을 가장 세밀한 붓으로 그려낸 그림 같은 시예요. 또 이 시에는 이런 표현들이 있어요. "오래된 사람들은 늘 처음을 말하고" "그것을 관상하다, 같은 어려운 말로 쓰지는 않을 것이다" "이제 눈 이야기 해줄 사람도 없다 처음을 발음할 사람도" 같은 구절이요. 말, 이야기, 발음 같은 단어 때문에 글쓰기 혹은 시에 관한 사유를 담고 있는 문장으로도 읽히는데, 과연 그런가요?

윤혜지 그런 것 같아요. 지금 이렇게 말씀해주시니까 그런 것 같은데, 사실 시 쓰는 이야기를 시 속에 담고 싶지 않거든요. 좀 식상할 수도 있고 재미없을 것 같고. 정말 그건 잘 쓰지 않으면 안 하느니만 못한 이야기인 것 같거든요. 그런데 저도 모르게 계속 쓰게 돼요. 이렇게 쓰는 게 맞나 싶어서 계속 넣는 것 같고, 그래서 많이 고민돼요.

김나영 시를 쓰면서도 시를 어떻게 써야 할까 하는 고민이 누적되는 것 같은 느낌일까요.

윤혜지 네. 데뷔한 지 1년이 조금 넘었는데 점점 더 어려워져요. 누가 제 시를 읽었다고 하면 그 순간 또 리액션이 고장 나서 긍정도 부정도 하지 않고 그냥 가만히 있거든요. 내가 잘하고 있나 자꾸 그 고민을 하다 보니까 자연스럽게 계속 이렇게 써야지 저렇게 써야지, 하는데요. 실제로 시 속에서 이야기했듯이 "관상하다, 같은 어려운 말로 쓰지는 않을 것이다" 그런 생각을 많이 해요. 잘 아는 사람은 쉽게 쓴다고 생각하거든요. 모르는 사람은 빙빙 돌려가면서 되게 어려운 말도 쓰고 하잖아요. 시를 쉽게 쓰고 싶다는 생각이 들어요. 흔히 시적이라고 할 때 사람들이 오해하는 거 있잖아요. 아름다운 문장을 위한 문장. 그런 거에 대한 관심이 좀 덜해진 것 같아요. 예전에는 저도 아름다운 문장을 쓰고 싶다, 테크닉적으로 되게 뛰어난 시를 쓰고 싶다, 이런 생각을 했는데요. 지금은 정말 내가 하고 싶은 이야기를 정확하게 다른 사람에게 전달될 수 있게 쓰고 싶다고 생각해요. 아까 말씀하신 음악 없는 말, 말 없는 음악과도 연결되는 지점인데 많이 고민하고 있어요.

김나영 뭔가에 대해서 제대로 알면 굳이 어려운 표현을 쓰지 않고도 그것을 잘 전달할 수 있다는 말이 한편으로는 시를 쓸 때 어떤 대상을 장악하는 문장을 구사하고 싶다는 말로도 들려요. 단순히 문법 차원에서 더 다양하고 정확한 표현을 고민하는 일이 아니라 문학이라는 장르와 일상의 경계를 고려하는 차원에서도 그렇겠지요. 우리가 일상적으로 구어체로 구사하지 않는 말을 글에서는 자연스럽게 쓰게 되고요. 말은 계속해서 어떤 문화를 형성하고 그 안팎을 나누는 역할도 하잖아요. 한 문화 내부의 문법에 익숙하지 않은 사람이 봤을 때 어렵고 낯선 말이 그 문화에 속한 사람에게는 전혀 그렇지 않고. 그런 점에서 시를 읽고 비평을 하면서 문학의 방법으로 모든 사람과 소통하는 게 어떻게 가능할까를 생각하지 않을 수가 없는 것 같아요. 일상 속의 크고 작은 문화의 경계를 허무는 언어는 과연 무엇일까 고민하면서, 무엇을 누구에게나 설명할 수 있는 지점에 닿은 예민하고 정확한 포착의 말이 필요하다는 것을 저도 새삼 마음에 새기게 됩니다.

윤혜지　사실 이 시도 엄청 마음에 든다, 엄청 잘 썼다, 이렇게 생각하지는 않았거든요. 저에게 이 시는 시적인 테크닉 문제와는 다른 의미에서 소중한 시예요. 제가 마음이 엄청 힘들 때가 있었어요. 각자 마음에 허약하고 취약한 부분이 있잖아요. 그게 딱 건드려져서 되게 불안에 시달릴 때가 있었는데 같이 시를 쓰는 동료 중 한

분이 이 시를 직접 액자로 만들어서 선물해주셨어요. 그러면서 액자 뒷면에 '혜지님이 쓴 것들이 혜지님을 지켜줄 거예요' 이렇게 문구를 써주셨어요. 그게 되게 위안이 됐거든요. 아까 말씀하셨듯이 문학으로 사람들과 소통할 수 있을까 어떤 식으로 시를 써야 될까를 생각하는데 도움이 됐어요. 나만의 가치 판단과 기준으로 '이 시는 못 쓴 시야' '이 시는 그렇게 마음에 들지 않아' 해도 너무 감사하게도 누군가는 이 시에서 나름의 좋은 점을 찾아내준다면, 시가 그 사람을 지켜줄 수 있는 어떤 부분이 있지 않을까 생각해요.

김나영 감동이네요. '당신이 쓴 것이 당신을 지켜줄 것이다.' 이 시에도 그런 힘이 있는 것 같아요. 말의 힘과 인간이 사는 일을 겹쳐놓고 보게 하는 지점이 분명하게 있는 시여서 그런 선물이 되어 시인님께 돌아온 게 아닐까 싶어요.

윤혜지 그 힘으로 여기 이 자리에 온 것 같아요. (웃음) 힘이 센 시구나 싶어요.

김나영 네. 정말 힘이 센 시인 것 같습니다. (웃음) 여담이긴 한데요. 대화를 나누다가 요즘 사람들에게 유행이 된 드라마 대사가 떠올랐어요. 나를 추앙해요, 라는.

윤혜지 그 드라마 보세요?

김나영 네. 정말 재미있게 보고 있어요. 그 말의 경우엔 일상
에서 구어체로 잘 쓰이지 않기 때문에, 대체로 낯선 말
이어서, 사람들에게 오히려 각인되고 저마다 그 의미
를 곱씹어보게 되는 것 같아요. 그러면서 사소하게 각
자의 생각과 감각에서, 궁극적으로는 일상에서 어떤
일들이 새롭게 일어나게 하는 말이 되기도 하겠지요.
그 드라마 대사 한 줄로, 평소에 잘 쓰지 않던 말 하나
가 평소에 잘 하지 않던 생각을 일깨우고, 그게 사람들
에게 미치는 영향을 목격하게 된 것 같아요. 소통하기
쉽고 친근한 방식으로 전달할 수 있는 게 있다면, 그
반대의 방식으로 작동하는 말의 힘이나 가능성도 있
다는 생각이요. 불편과 저항감 같은 걸 유도하는 방식
으로 이 세계로 끌어들이는 것은 말이 가진 고유한 매
력인 것 같아요. 그런 맥락에서 '관상하다'라고 쓰지
않고 '두고 오래 지켜본다'는 식으로 쓰는 것 사이에
의미의 차이가 있다고 생각하시는 거죠?

윤혜지 있는 것 같아요. 아까 말씀하신 추앙이라는 것도 일상

어 중에서 갑자기 그게 튀어나왔을 때 가지는 힘이 있고 갑자기 모든 게 낯설어지게 만드는 게 있잖아요. 그런 효과를 의도했을 거고요. 저도 시 속에서 그런 단어를 일부러 쓸 때 물론 되게 조심하면서 넣는 부분도 있죠. 그 나머지 시어들을 다 잡아먹을 수 있으니까. 그런데 확실히 상황을 낯설게 만드는 효과 때문에 넣은 적은 있는 것 같아요.

김나영 어떤 어려운 말, 일상적이지 않은 표현을 시에 쓸 때는 분명한 의도를 갖고 쓰신다는 거죠?

윤혜지 네. 정말 필살기처럼요. (웃음) 정말 필요할 때만 딱 쓰는 것 같아요. 그래도 좀 어려운 단어, 일상생활에서 안 쓰는 단어는 굳이 쓰지 않으려고 하는 편이에요. 개념어도 많이 빼려고 노력하는 편이고요. 그런데 이 시에는 좀 들어가긴 했네요.

김나영 또 대화를 나누며 든 생각인데요, 이 시에 아이들과 노인이 함께 등장하잖아요. 바닷가라는 공동의 공간에요. 이 시는 어리고 젊은 자의 시점과 늙은 자의 시점을 모두 담고 있는 것도 같아요. 앞서 어머니의 양말 이야기를 들으면서, 그런 말씀을 하는 분의 관점이랄까 심정도 이 시에 포함된 것 같다는 생각을 하게 됐어요. 시인님은 그런 나이가 아닌데 그 연령의 시선으로, 오래된 사람의 눈으로 세계를 바라보고 있다는 생각이 들었어요. 단순히 감각의 차원에서 비교적 어리고 한참 변화하는 것들을 관찰하는 게 아니라 사유 혹은 인식의 차원이랄까요. 그 모든 것을 아울러 보게 되는 마음의 여유 같은 것이 느껴져요.

윤혜지　그러게요. (웃음)

김나영　애늙은이 같다는 말은 아니고요. (웃음) 이 시의 화자는 어떻게 그럴 수 있을까요.

윤혜지　글쎄요. 원래 미래에 대한 생각을 많이 하는 것 같고요. 또 선생님도 그러셨을 것 같은데 코로나 시기에 현재만 보던 것에서 조금 시야가 넓어지지 않았나 싶어요. 앞으로의 세계가 걱정되니까요. 갑자기 비일상적인 걸 경험하면서 그렇게 미래를 생각하다 보니까 자연스럽게 정말 10년 후, 20년 후에 괜찮을지 생각한 것 같아요.

김나영　전문가들에 의하면 지금 살고 있는 사람들이 죽는 시기를 분명하게 알려줄 수 있다고 말할 정도로 기후 위기가 심각하다고 해요. 이대로라면 우리가 앞으로 30년 정도밖에 살 수 없다고요.

윤혜지 네, 정말 심각하죠.

김나영 최근에는 여러 분야에서 다양한 방식으로 사람들에게 기후 위기의 심각성을 알리고 있어요. 문학 역시 이런 문제를 지속적으로 고민하고 독자들에게 생각하고 실천할 거리를 줄 수 있어야겠다는 생각이 듭니다. 우리 모두 괜찮은 오래된 사람으로 살아남기 위해서요. (웃음) 이게 작품에 대해서는 마지막 질문이 될 것 같은데요, 시인님은 「음악 없는 말」을 통해서 어떤 말을 옮겨 담고 또 털어내고자 했는지 들어보고 싶습니다.

윤혜지 아까 말씀드린 것처럼 이 시를 통해서 '말 없는 음악' 같은 말을 하고 싶었던 것 같아요. 일상에서 의례적인 말들을 많이 쓰고 있잖아요. 근데 저도 어느 순간부터 그런 말을 안 써야지, 하면서도 형식적인 말을 하고 있는 거예요. 하나 마나 한 말이요. 정말 내가 왜 그런 말을 했지 싶을 정도로요. 상대방도 알 수 있을 정도로 영혼 없는 말은 안 하고 싶다, 그런 말을 할 거면 차라리 침묵하자 싶고요. 정말 내가 하고 싶은 말, 정말 이 사람을 생각해서 하는 말, 그런 말을 하고 싶다, 그런 생각을 담고 싶었어요.

김나영　이 시의 화자는 이미 그렇게 하고 있는 것 같아요. 이 시가 분량상 짧지는 않아서 겉보기에는 말을 많이 하는 것 같지만, 들여다보면 오래 지켜보고 지켜본 다음에 무겁게 꺼내는 말, 그러니까 긴 침묵 이후의 한마디가 반복되어 쓰인 것 같은 시예요. 말의 속도와 의미의 상관 또한 다시 생각해보게 하는 시였습니다. 좋은 시 써주셔서 감사해요.

윤혜지　감사합니다. 시적 화자는 그런데 저는 그러지 못해서. (웃음)

김나영　시를 본격적으로 쓰신 지 1년 좀 넘으셨는데요. 시인님께 시 쓰는 마음이랄까 다짐 같은 게 있다면 어떤 것일까요?

윤혜지　물론 시를 발표하기 시작한 지 얼마 되지 않았지만 쓸수록 느끼는 건 정말 단단하고 튼튼한 마음을 가져야겠다는 거예요. 제게 불안이나 강박 같은 부분이 있는데 그게 시를 쓸 때 확실히 영향을 미치더라고요. 그래서 좋은 시를 쓰고 싶다면 몸과 마음을 튼튼히 해야겠다는 생각이 들었어요. 또 어떤 시를 쓰고 싶냐고 생각해보면……. 제가 늘 하는 말 중에 '이상한 좋음'이라는 말이 있거든요. 시나 소설이나 드라마를 볼 때 나름의 결점도 있고 엄청 매끈하게 잘 쓴 작품은 아닌데도 자려고 누우면 생각나는 작품들이 있잖아요. 저도 그런 '이상한 좋음'을 가진 시를 쓰고 싶어요. 그래서 어떤 사람은 제 시를 싫어할 수도 있지만 누군가는 자려고 누웠을 때 그 시가 그냥 생각나고, 뭔가 이상하게 좋은 느낌이 들게 하는, 그런 위안을 줄 수 있는 시를 쓰고 싶다, 그런 생각이 들었어요.

김나영 그 '이상한 좋음'이라는 말이 참 좋은 것 같아요.

윤혜지 네, 저 요새 그걸 계속 탐구하고 있어요.

김나영 그런 건 어떻게 생겨날까요.

윤혜지 근데 '이상한 좋음'은 말로 설명되지 않기 때문에 '이상한 좋음'인 거라고 생각해요. (웃음)

김나영 시집 발간이라든가 독자와의 만남 같은, 앞으로의 구체적인 계획이 있다면요?

윤혜지 시집을 계약했는데요. 그런데 시집을 묶으려면 시를 많이 써야 해서 올해부터는 좀 열심히 써보자 생각하고 있어요. 아까 말씀드렸듯이 이제 코로나에서 조금씩 풀려나면서 또 다른 감각으로 전혀 다른 시도 써볼 수 있지 않을까 그런 생각도 들어서요. 음, 언제 나올진 모르겠지만요. (웃음)

김나영 그 시집을 펼치면 한편에는 팬데믹 시기에 쓰인 시들이 다른 한편에는 이제부터 쓰일 시들이 있겠네요. 곧 만나볼 수 있기를 기대합니다.

윤혜지 저도 독자분들 빨리 만나고 싶어요.

김나영 마지막으로 오늘 이 자리에 대한 소감을 들어보고 싶어요.

윤혜지 네. 솔직히 이런 자리도 처음이고 엄청 많이 떨렸거든요. 그런데 너무 편하게 진행해주셔서 감사합니다.

김나영   너무 말씀을 잘하셨어요. (웃음)

윤혜지   계속 칭찬을 주고받고. (웃음) 오늘 해주신 말씀 들으면서 제가 어떤 걸 쓰고 싶어 했고 써왔는지 정리된 것 같아요. 앞으로도 좋은 시를 많이 쓸 수 있도록 노력하겠습니다. '이상한 좋음'으로.

김나영   오늘의 키워드가 자연스럽게 나왔네요. 이 대화를 담은 영상을 보신 독자분들도 특별히 좋아하셨을 것 같아요. 이상하게 이 시를 읽고 나서는 시인님의 육성으로 들어보고 싶은 마음이 들더라고요. 저와 같은 마음을 가졌던 독자분들에게는 시인님의 목소리를 통해서 「음악 없는 말」을 들어본 이 시간이 '이상한 좋음'의 순간으로 간직되지 않을까 싶습니다. 긴 시간 좋은 이야기 들려주셔서 감사합니다.

윤혜지   감사합니다.

김나영
문학평론가

여름

소설

이미상
2018년 웹진 『비유』를 통해 소설을 발표하기 시작했다. 소설집 『이중 작가 초롱』이 있다.

모래 고모와 목경과 무경의 모험

본래 목경이 카페에서 남의 이야기를 엿듣는 부류는 아니었다. 그러나 누구나 만나곤 한다. 누가 듣거나 말거나 목청껏 말하는 무신경한 사람이 아니라 카페의 모든 사람이 자기 말을 들어야 한다는 듯 심하게 거들먹대는 사람을.

목경의 옆 테이블 두 여자가 그랬다. 둘의 목소리에는 자아도취의 기색이 있었다. 자기들 대화에 서로뿐 아니라 카페의 모든 사람, 모든 식물, 심지어 물 단지까지 귀를 기울여야 한다는 식이었다. 아니면 당신들 손해라는 듯이. 그래서 목경은 부끄럼 없이 그들의 이야기를 들었다.

둘은 작가인 모양으로, 소설에 대해 말하고 있었다. 동생은 비판을 선수 치는 중이었다. 언니가 뭐라고 할세라 자기 소설의 결함을 알아서 불었고 자백의 몫만큼 언니의 위로를 받아내려 했다. 그러나 언니는 동생에게 맞장구칠 뿐 아니라 빠뜨린 걸 챙겨주기까지 했고—"얘, 그뿐이니?"—그러니 동생으로서는 자기비

판에서 자기 옹호로 돌아설 수밖에 없었다.

"물론……."

물론 '물론'이겠지, 목경은 생각했다.

목경은 자신이 못됐다는 걸 알았지만 멈추지 않았다. 어쨌든 목경은 상중喪中이었다.

"핑계라고 하겠지만요, 일부러 그러는 것도 있어요."

동생이 오만한 투로 말했다. 보기에 따라 오만일 수도 아닐 수도 있었다. 침몰 중인 자존심을 건져보려는 가여운 시도일 수도 있었다. 그러나 목경은 거기까지 생각하고 싶지 않았다.

"제 소설에는 '한 방'이 없다고들 하잖아요. 단편소설 특유의 좁은 지면 탓에 문장을 아껴 쓰며 굽이굽이 나아가다 순간 탁, 터뜨리는 에피파니라고 해야 할까요, 와우 포인트라고 해야 할까요, 그게 부족하다고 하잖아요. 모든 문장을 쭉 빨아올리며 꼭대기에서 탁 터뜨리는, 푹 꺼뜨리기도 하지만 그건 비위 약한 작가들을 위한 탁 터뜨림이고요. 여하튼 결정적인 한 장면, 사람의 마음을 쥐고 흔드는 한순간, 우리가 책을 덮고 고개를 젖혔을 때 공중에 떠 있는 그 뭐가 제 글에는 없대요. 근데요."

동생이 숨도 쉬지 않고 열렬히 말했다. 그러나 언니는 딴생각 중이었다. 언니는 앞사람을 보고 있었다. 언니의 앞에는 테이블의 세 여자 중 세 번째 여자, 그때까지 한마디도 하지 않은 여자가 있었다. 여자는 두 사람의 대화에 관심이 없었고 오로지 자기 물건만 뚫어지게 보고 있었다. 테이블에 온갖 물건이 널브러져 있었다. 모두 담으려면 큰 비닐봉지 너덧 개는 필요할 성싶었다.

"근데요."

동생이 다시 말했다.

"저는 '한 방'을 못 치기도 하지만 안 치고 싶기도 해요."

"어째서?"

언니가 물었다.

"왜긴요. 딴 애들이 불쌍해서죠. 소설에 쓴 모든 문장이 그 '한 방'을 위해 쓰이는 것 같잖아요. 그 한순간을 들어올리기 위해 팔을 벌벌 떨며 벌을 서고 있는 것 같잖아요. 그렇다고 제가 뭐 소설계의 대장장이가 되어 모든 문장을 평평하게 두들겨 신scene들의 평등을 꾀하겠다, 그런 건 아니고요, 그럴 주제도 못 되고요, 그저 모든 자잘함을 지우며 홀로 우뚝 선 한순간을 지지하는 것을 찜찜해한다는 거죠."

"네가 못해서 그래. '결정적 순간'을 만들어내는 건 소신이 아니라 능력의 문제야. 할 줄 아는데 안 하는 거랑 못해서 못 하는 건 깔이 다르단다."

"언니."

동생의 목소리는 부드러웠다.

"못해서 못 하니까 좋은 거예요. 무능해서 귀한 거예요. 잘하는데 억지로 안 하는 사람은 반드시 흔적을 남겨요. 자기 절제라는 고귀한 희생에는 어쩔 수 없는 인위가 묻어난달까요? 하하하. 세상이 그렇게 공평하답니다!"

이미상. 모래 고모와 목경과 무경의 모험

"얘들아."

세 번째 여자가 두 사람을 불렀다.

"또?"

언니가 말했다.

"진짜 싫어."

동생이 말했다.

"얘들아, 미안한데 나한테 얘네를 올려줘."

세 번째 여자가 테이블 위 물건들을 가리키며 말했다.

두 사람이 친구가 내민 팔에 물건을 쌓기 시작했다. 맨 아래 책을 깔고 크기 순서대로 쌓아나갔다. 곧 물건이 턱까지 찼고 그러고도 많이 남았다.

"나머지는 우리가 챙길게."

언니가 떨어진 물건을 주우며 말했다.

"아니야. 내가 다 옮겨야 해. 기다려줘. 다시 올게."

"돌겠네."

동생의 머리가 뚝 떨어졌다.

세 번째 여자가 짐을 잔뜩 안은 채 갈지자로 걸었다. 카페 문을 나서자마자 스카프가 무겁게 떨어졌다. 스카프는 여자의 발뒤꿈치에 의해 다시 카페 안으로 밀어 넣어졌다. 카페 직원이 스카프를 들어올리자 생고기가 떨어졌다. 두 사람이 달려가 카페 직원에게 사과하고 생고기를 받아 왔다. 두 사람은 생고기를 머그잔에 담았다—일회용 종이컵을 사용하는 것은 친구를 배신하는 일이었다.

세 번째 여자에게 정신의 문제는 없었다. 정신과 몸 사이 교신의 문제라면 모를까. 어느 날 세 번째 여자는 선언했다. 영원히 일회용 비닐봉지와 용기를 쓰지 않겠다고. '되도록'은 안 된다. 그러기에는 너무 늦었다. 일절 쓰지 말아야 한다. 그러나 그녀가 가게 계산대에서 주로 깨닫는 것은 어깨에 천 가방이 걸려 있지 않다는 사실이었다. 그녀는 비닐봉지를 절대 쓰지 않기로 했지만 몸이 따라주지 않았다. 스티로폼 포장재를 대신할 유리 용기는커녕 천 가방도 챙기지 않기 일쑤였다. 그녀는 완고한 덜렁이였다.

틈 없는 정신과 틈뿐인 몸의 간극을 메운 것은 무수한 규칙이었다. 천 가방을 챙기지 않았다면 맨손으로 모든 물건을 옮겨야 한다. 유리 용기가 없다면 생고기든 굴이든 가지고 있는 것으로 싸야 한다—올드 셀린, 언니가 갈색 핏물이 밴 스카프를 펼치며 말했다. 그래야 버릇을 고칠 수 있다. 그리하여 세 번째 여자는 종종 슈퍼마켓 계산대에서 자기 때문에 계산 줄이 밀려 머리끝까지 화난 사람들을 향해 말했다.

"도와주세요. 물건을 저에게 올려주세요."

사람들은 골칫덩이를 치우기 위해 그녀의 팔에 물건을 쌓기 시작했다. 그러다 그만 재미를 느끼기도 했다. 애들의 생떼에서 시작해 어른들의 쾌락으로 끝나는 젠가 놀이처럼.

온갖 잡동사니를 위태롭게 품은 여자가 몸을 뒤로 젖힌 채 씩씩하게 걸었다. 사람들이 여자를 계속 쳐다보았다. 희한한 광경

이미상. 모래 고모와 목경과 무경의 모험

이었다. '하울의 움직이는 성'처럼 삐걱대고, 펠릭스 곤살레스 토레스의 사탕처럼 곧 허물어질 것 같은 짐 무더기 사람. "백 마디 말보다 이런 뇌리에 박힌 한순간이 결국 인간을 바꾸는 거 아닐까? 나만 해도 소나 돼지를 도축하는 영상을 보지 않고 있어. 보면 바뀌니까. 고기를 못 먹게 될 거야." 언젠가 세 번째 여자는 그렇게 말한 적이 있었다.

목경은 세 사람의 소동을 지켜보다 머리가 아파 눈을 감았다. 장례식장에서 목경은 맹활약했다. 굵직한 일부터 사소한 일까지 도맡아 했다. 피곤했다. 게다가 장례식장은 공기가 나빴고 카페에 앉아 있는 지금까지 조문객의 검은 양말에 딸려온 먼지가 눈에 달라붙은 듯했다. 눈을 감자 물기가 돌면서 눈이 편해졌다. 그러자 어둠의 양끝을 긁으며 진자운동하던 시선도 어둠 속 한 점을 가만히 응시하게 되었다.

귀퉁이가 말리면서 불에 타 오그라지는 사진처럼 중심에서 하나의 이미지가 떠올랐다. 목경은 세 번째 여자가 어둠을 가르며 다가오는 환상을 보았다. 그 구제할 길 없는 답답이가 산더미 같은 짐을 안고 뒤뚱대며 오고 있었다. 얼굴에 피 묻은 스카프를 성냥팔이 소녀처럼 두르고 림보 게임 하듯 허리를 한껏 젖힌 채.

'그러니까 이런 거란 말이지.' 목경이 눈을 뜨며 생각했다. 먼 훗날, 숨넘어가기 직전, 누군가 자신에게 오늘에 대해 묻는다면 목경은 이 이미지만을 기억할 것이다. 처음에 들었던 두 사람의 대화는 잊고.

여름

2

　목경이 상중이라고 해서 대단한 상을 당한 것은 아니었다. 고모가 죽었고 그마저 모르고 넘어갈 수도 있었다.

　어느 집이나 그러하듯 목경의 집안에도 사고뭉치가 두 명 있었고 그중 한 명이 고모(다른 한 명은 무경)였다. 고모는 사 남매 중 막내로 부모와 같이 살았다. 보기에 따라 부모에게 얹혀산다고도 부모를 모시고 산다고도 할 수 있었다. 죽기 전 10년 정도는 가족과 연락을 끊고 어딘가에서 살았다. 10년이 길어 보이지만 아는 사람들은 알 텐데 후딱 지나간다.

　어릴 적 목경은 고모를 '결혼 안 한 고모'라고 불렀다. 다른 별명으로는 '모래 고모'가 있었다. 그것은 고모 자신의 농담에서 유래한 것으로, 고모는 자기 형제의 출생 순서와 가치를 이렇게 설명하곤 했다. "목경아, 쌀보리 놀이 알지? 쌀에 손을 닫고 보리에 가만있는 놀이. 쌀만 환영하는 놀이. 그걸 우리 형제에 대보면 이리된다. 큰오빠 쌀. 큰언니 보리. 작은오빠 쌀. 아들 둘에 딸 하나. 딱 좋았는데. 내가 기어이 나오고 말았어. 그러니 나는 보리에도 못 미치는 모래 아니겠니?"

　환영받지 못한 막내딸. 처지는 자식. 결혼하지 않고 부모와 살며 무상으로 가사와 돌봄과 간병 노동을 제공하고도 끝까지 용돈 말고 자기 재산은 갖지 못한 사람. 종합병원 진료일이면 부모가 비굴한 얼굴로 거실 한 번 자기 얼굴 한 번 보며 "그래도 나 죽으면 이거 다 네 거 아니겠니" 거짓말하는 꼴을 봐야 했던 사람. 다 알면서도 "엄마, 가요" 웃고 말던 사람. 이따금 수틀리면 가출하곤 하다가 아예 사라져버린 집안의 사고뭉치. 고모의 마지막 모습은 이랬다. 엄마를 모시고 종로3가역 9번 출구에서 종로12번 마을버스를 기다리다 사라져 영영 돌아오지 않았다.

이렇게 말하면 목경의 고모가 불쌍해 보이겠지만 고모에게는 어떠한 상황에서도 자기 자신을 특별하게 보는 재주가 있었다. 고모와 목경은 '쌀보리 놀이'에 모래를 추가했다. 그들에게는 모래가 쌀이었다. 목경은 쌀 대신 '모오오래애애' 친근하게 늘여 발음하던 그 소리에 고모의 주먹을 잡고 기쁨의 비명을 지르곤 했다. 고모의 별명 '모래'는 두 사람의 비밀스러운 규칙이었다.

한때 고모는 목경의 집에서 살았다. 목경은 아직 학교에 다니지 않고 무경은 초등학교 5학년일 무렵이었다. 고모의 작은오빠인 목경의 아버지가, 어머니에게 가출한 동생의 소재지가 자신의 집임을 알리자 목경의 할머니는 이렇게 말하며 기뻐했다.

"나쁘지 않구나. 너에게도 막내에게도. 아귀가 잘 맞아."

당시 목경의 집은 또 한차례 권태가 불어닥치고 있었다. 목경의 부모는 나쁜 사람들은 아니었지만, 잘 질렸다. 서로에게뿐 아니라 자식에게도 주기적으로 질렸다. 권태기의 어망이 너무 넓어 부부뿐 아니라 자식에게까지 닿았고, 그럴 때면 그들은 목경과 무경의 얼굴을 골똘히 보며 '애네는 누구지?' 싶었다. 두 사람은 밤늦게 들어오기 시작했다.

아버지야 직장에 다녔으므로 늦게 퇴근하면 그만이었지만, 자신도 직장에 다녔어야 했다는 것을 너무 늦게 깨달은 엄마는 아침부터 밤까지 무언가를 배우러 다녔다. 오전 운전, 오후 산악, 밤 영어.

부모에게 권태기가 오면 목경과 무경은 행복했다. 제한받던 과자와 금지당한 수사 프로그램. 자매는 빈집에서 혀가 얼얼하도록 과자를 먹으며 연쇄살인범의 '잔혹한' 범행 수법을 시청했다. 부모는 아주 늦게 들어왔다. 도주 중인 살인자가 문 앞에 와 있을 것 같은 설렘과 공포의 시간, 밤 11시 반, 계단을 타고 엄마가 흥얼대는 (어학원에서 'would'의 불규칙적 습관 용법을 위해 배운) 카펜터스의 〈Yesterday once more〉가 들려오곤 했다. 한번은 거실에서 아이 목소리를 흉내내는 오싹한 소리가 들려 나가보니 엄마가 어둑한 식탁에 앉아 〈시애틀의 잠 못 이루는 밤〉 속 꼬마의 대사를 외고 있었다. "택시 기사가 엠파이어스테이트빌딩을 가리키며 꼬마 조나에게 물었습니다. '올라가서 뭘 할 거니? 꼭대기에서 침을 뱉을 거니?' 조나가 말했습니다. 'No, I'm gonna meet my new mother.'"

목경의 할머니가 '아귀가 맞는다'고 한 이유는 그 시점에 고모가 목경의 집에 들어간 것이 마침맞았기 때문이었다. 고모는 일종의 'new mother'로서 오빠의 집에 살며 조카들을 돌봤다. 할머니는 기발하게도 고모의 가출이 목경 가족 네 명뿐 아니라 고모 자신에게도 이득이라고 여겼다. 할머니가 보기에 모든 사람에게

이미상. 모래 고모와 목경과 무경의 모험

는 아이를 향한 일정량의 사랑이 있고 때로 그것은 바닥난다. 목경의 부모가 밖으로 도는 까닭도 아이 사랑 함량이 다 떨어졌기 때문이다. 반대로 목경의 고모처럼 아이가 없어본 사람은 종종 쌓인 아기 사랑을 풀어줘야 한다.

훗날 목경은 할머니의 그 사상이 남성의 '성욕 배출 신화'를 여성의 '모성 배출 신화'로 교묘히 바꾼 것임을 알았다. 여성의 모성도 남성의 성욕처럼 통제할 수 없으며 일단 불러일으켜지면 아무 아이를 붙잡고서라도 해소해야 한다는 사상이었다. 할머니가 자기 생각을 정말 믿었는지는 알 수 없지만 덕분에 목경의 아버지는 동생에게 미안해하지 않을 수 있었다. '다 저 좋아서 하는 일이다.' 그는 생각했다. '말랑말랑한 아이를 조몰락대고 싶은 자기 욕심을 채우려는 것뿐이다.'

갈급한 모성 배출 욕구 때문인지 고모는 목경과 끝내주게 놀아줬다. 목경은 하루에 한 번은 고모와 놀다가 흥분해 토했다. 반면 무경은 고모에게 관심이 없어 보였다. 무경은 사람보다 책을 좋아했다. 무경은 방에서 책만 읽었고 화장실에 갈 때도 자기 발을 보며 걸었다. 무경이 학교에 가면 두 사람은 무경의 방에 침입했다. 무경이 읽는 책의 제목을 적어 서점에서 찾아봤다. 대체 이 언니는 뭘 읽고 사나. 뭔 생각을 하며 사나. 목경은 물론 그런 건 관심 없었고, 오직 고모와 매일 똑같이 탐정 놀이를 하는 것이 좋았다. 반복은 목경에게 깊은 위안을 주었다. 그런 목경과 달리 고모는 무경이 무슨 책을 읽는지 궁금해했다. 고모는 침대 밑에 기

여름

이한 자세로 기어들어가—무경에게는 자기 직전까지 책을 읽다가 잠이 임박해오면 빠른 손목 스냅을 이용해 읽던 책을 침대 밑으로 날리는 버릇이 있었다—구해낸 책을 골똘히 읽었다. 책이 아니라 책 주인의 머릿속을 들여다보는 듯이. 그런 고모를 재까닥 알아차리면 목경은 갑자기 배가 아팠다. 고모의 관심을 다시 제 쪽으로 옮아매고 싶었다.

어느 날 두 사람은 무경의 비밀 리스트를 찾았다. 우연히 침대에 올라가 뛰다가 천장에 쓴 글씨를 발견했다. 두 사람은 '천장의 리스트'를 적어 서점으로 뛰어갔다. 국회도서관에도 갔다. 모두 헛수고였다. 사서의 도움으로 그 리스트가 걸작이지만 한국에는 번역되지 않아 읽을 수 없는 책을 쓴 작가들의 이름임을 알았다. 무경은 『세계 추리소설 걸작선』 같은 책을 읽고 마음에 드는 작가를 모은 모양이었다. 책을 읽지 못하니 작가의 관상, 계보 상의 위상, 구미를 당기는 소개 글 등이 선정에 영향을 미쳤으리라.

목경이 어린 나이에도 묘하다고 느낀 것은 무경의 리스트가 적힌 위치였다. 왜 천장일까. 침대에 누워 하염없이 올려다볼 수 있는 곳. 뒤늦게 생각해보면 그런 것이 다 징후였는지도 몰랐다. 목경은 언니를 따라 침대에 누워 천장—자기 방에는 고작 야광 별이 붙어 있는—의 글씨를 보면 어김없이 무섬증이 일었다. 목경은 자신이 왜 공포를 느끼는지 이해할 수 없었다.

목경은 나중에야 이해했는데 그건 천장의 리스트가 무한한 가능성을 지녔기 때문이었다. 읽을 수 있는 책이 상대적으로 단단

이미상, 모래 고모와 목경과 무경의 모험

한 현실이라면 읽을 수 없는 책, 읽을 수 없어 상상만 할 수 있는 책은 너무 많은 여지를 제공했다. 에도가와 란포—당시에는 책이 번역되지 않았거나 어쨌든 초등학생인 무경은 구하기 어려웠다—, 그 이국의 이름이 불러일으키는 무한한 가능성, 영감, 상상이 까만 폭포수처럼 쏟아져 내려 어린 언니를 홀리고 짓누른 게 아닐까. 그러면서 언니는 점점 현실에서 멀어져 어딘가로 흘러간 게 아닐까. 수십 년 뒤 햄스터를 두 마리에서 백 마리로 늘리는 사람으로. 밥솥에 밥을 짓고 일 년 후에 열어보는 사람으로. 고모에 이은 집안의 두 번째 사고뭉치로.

그러나 그것은 나중의 일로, 당시의 목경은 무경을 질투했다. 고모는 노는 건 목경과 놀지만 왠지 무경을 더 가깝게 느끼는 것 같았다. 그래서 목경은 걸음마하는 아이처럼 고모의 양손을 붙잡고 다녔다. 목경은 '똥꼬'가 가려워도 참았다. '똥꼬'를 긁으려고 손을 놓는 순간 언니가 고모의 빈손을 채갈 것 같았다. 아니면 기다렸다는 듯 둘의 손이 자동으로 붙거나. 고모가 집에 있는 동안 목경은 늘 피곤했는데, 호시탐탐 붙으려는 두 사람을 떼어놓는 데 기력을 다 써서였다. 그리고 목경의 예감이 옳았다.

그 일은 겨울에 일어났다. 세 사람이 시골로 짧은 여행을 갔을 때의 일이다. 원래는 고모와 목경만 가려고 했는데 무경도 같이 가게 되었다. 여행 허락을 구하는 고모에게 목경의 부모는 큰애도 데려가라고 했다. 고모가 차를 몰지 못해 세 사람은 버스와 택시를 이용하고도 엄청 걸었다. 고모는 멀리 파란 창고가 보이는 갈대밭 옆 갓길에 자매를 세워두고 '츄츄'를 데려올 테니 기다리라고 했다. 그리고 얼마 안 있어 '츄츄'를 둘러메고 나타났다.

목경이 '츄츄'가 엽총이라는 것을 알게 된 것은 갓길에서 한 시간은 족히 더 들어간 묘지에서였다. 산을 오르는 동안 '츄츄'는 총집에 있었으므로 목경은 접힌 이젤이라고 생각했다. 철제 울타리 문을 열고 들어가자 깔끔하게 손질된 봉분이 보였다. 높고 양지바른 무덤가에 서니 세 사람이 걸어온 길이 훤히 보였다. 며칠 전 내린 눈으로 멀리 보이는 산은 희었고 아랫길에도 잔설이 남아 있었지만 묘지의 눈은 모두 녹고 없었다. 산을 오르는 내내 '센베이' 모양으로 돌돌 말린 갈색 낙엽만 보다 묘지에 자라는 형광색 야생화 두어 점과 추위 속에서도 자라는 푸릇푸릇한 잡초를 보자 목경은 기분이 좋았다. 세 사람은 햇빛을 느끼며 잠시 서 있었다.

탕.

나뭇가지가 흔들렸고 새가 날아갔다.

목경은 태어나 그런 소리는 처음 들었다.

"꾸우꾸 꿋구. 꾸우꾸 꿋구."

고모가 방금 놓친 멧비둘기의 울음소리를 흉내냈다. 총신을 꺾자 연기와 함께 탄피가 솟았다. 큰 '건전지' 두 알이 풀숲에 떨어졌다. 목경의 눈에는 12게이지 탄이 그렇게 보였다. 고모가 새 탄약을 약실에 '쓱' 밀어 넣었다. 그것이 목경의 기억을 자극했다. 생각해보니 더 어릴 적에도 목경은 고모와 여행한 적이 있었다. 그때는 여름이었고 역시 엄마와 아빠는 없었으며 무경도 없었던

이미상. 모래 고모와 목경과 무경의 모험

것 같다. 장마로 비가 엄청나게 왔고 텐트를 친 계곡가는 언제라
도 무너질 것 같았다. 얇은 텐트 천 아래로 잔돌이 끊임없이 흘러
내렸고 사방에서 천둥 같은 물소리가 났다. 목경은 너무 춥고 두
려워 차라리 정신을 놓고 싶었다. 그리고 그것은 목경의 장기였
다. 목경이 정신을 놓기 위해 온정신을 기울이자 서서히 열이 올
랐다. 얼마 안 있어 목경에게, 집에서 종종 그러하듯, 은총 같은
고열의 혼미가 찾아왔다.

그후로는 기억이 가물가물했다. 고모가 목경을 발가벗기고 꼭
안은 채 엉덩이에 좌약 해열제를 '쓱' 밀어 넣었던 것 같다. (이 부
분에서 기억이 교차했다. 훗날 목경은 남자들이 약실에 총알을 넣는 것을 성행
위에 비유하며 낄낄대는 것을 보고 불편한 기시감을 느꼈다.) 또한 목경이
기억하는 것은 고모의 몸에 맺힌 고모의 것인지 자신의 것인지
모를 짭조름한 땀방울을 빨아먹던 감각이었다. 목경은 고모와 함
께 물에 휩쓸려 어딘가로 떠내려가 둘만의 생활을 꾸리길 남몰래
바랐었다.

"고모가 꿩 잡아올 테니 여기서 기다려."

고모가 자매에게 조끼를 입히며 말했다. 깨진 거울 조각을 붙
인 조끼였다. 목경이 몸을 흔들자 빛이 어지러이 흩어졌다.

"고모가 아까 올라오면서 멧돼지가 파헤친 무덤 보여줬지? 엉
망이었지? 여긴 멀쩡하지? 여긴 멧돼지 안 와. 그러니 딴 데 가지
말고 여기 있어야 해. 조끼 벗지 말고."

"나 눈 아파."

거울에 반사된 빛이 목경의 눈을 찔렀다.

"안 돼. 절대 벗지 마. 너흰 작아. 작은 것들이 풀 속에서 촐싹대다가 누가 꿩인 줄 알고 쏘면 어쩌려고. 빛이 나야 총에 안 맞지. 해가 지기 전에 돌아올게."

고모는 미러볼이 된 자매에게 『버섯 도감』을 남기고 숲속으로 사라졌다. 아무것도 못 잡으면 버섯이라도 끓여먹어야 하니까, 하고 말했지만 목경은 도감이 무경을 위한 고모의 배려임을 알았다. 아니나 다를까, 무경은 금세 도감에 빠져들었다. 머리를 깊게 숙이고 세밀한 버섯 그림을 골똘히 보았다. 훗날 목경은 책에 파먹힌 무경의 얼굴을 떠올리며 '버섯은 밖에 있었잖아……' 하고 생각했다. 자신이 버섯 그림을 참고 삼아 진짜 버섯을 찾아다닌 것과 달리 무경은 버섯 그림에 만족했다. 오히려 무경이 책에서 얼굴을 떼고 허공을 볼 때, 거기서 진짜 버섯이 생겨나는 듯했다. 나중에 목경은 사전에서 도감의 뜻을 찾아봤다. "그림이나 사진을 모아 실물 대신 볼 수 있도록 엮은 책"이라는 정의가 언니에게는 '그림과 사진이 실물, 현실 그 자체'라는 의미로 자리매김했다는 것을 알았다. 어쨌든 고모는 사냥하러 가고 언니는 책만 봤다. 목경은 심심했고 세 명의 사람을 만났다. 무덤에서 만난 세 사람은 다음과 같았다. 첫 번째 사람은 앞뒤로 박수 치며 뒤로 걷는 사람이었다. 앞뒤로 박수 치며 뒤로 걷는 사람답게 그는 곁눈으로 자매를 끝까지 보면서도 둘에게 말을 걸지 않았다.

두 번째 사람은 목경을 혼냈다. 상석에 누운 늙은 사냥꾼이 향

이미상. 모래 고모와 목경과 무경의 모험

로석에 발을 올리고 있는 목경에게 내려오라고 했다. 노인의 꾸지람에 목경은 삐쳤고 그래서 노인을 바라보는 시각이 다소 굴절되었다. 사실 그는 훌륭한 엽사였다. 수십 년의 사냥 경력에도 여전히 총구를 내리고 걸었고 수렵 모자도 제대로 썼다. 그러나 목경은 모자 아래 겹으로 접힌 노인의 살찐 목덜미만 볼 뿐이었다. 목경이 노인의 눈치를 보며 다시 누웠다.

"커서 크게 되실 아가씨네!"

노인은 웃으며 꿩을 죽이러 갔다. 고라니를 만나면 고라니를 죽일 것이었다. 사냥개가 주인의 주위를 뛰어다녔다. 개가 짖어도 노인은 제때 가지 못했다. 노인이 도착하면 새는 이미 멀리 날아갔다. 그는 그대로 요양병원에 보내도 이상하지 않을 만큼 어기적댔고, 개는 작은 분수처럼 튀어올랐다. 둘은 아무것도 못 죽일 수도 있었다. 목경에게 옆 구르기 재주를 선보이기도 한 개는, 이제 주인이 군복 바지를 입으면 먼 곳으로의 산책을 기대했다.

세 번째 사람은 무경과 같은 또래로 보였지만, 아니었다. 몸집이 작되 눈빛이 야무지고 성격은 까졌다. 중학생은 되었을 것이다. 고등학생일 수도 있었다. 만년 키 번호 1번으로 몸이 작아 가진 능력보다 미숙하게 취급되는 데 이골이 난 얼굴이었다. 그래, 나를 깔보셔, 애처럼 취급해보셔, 제대로 뒤통수를 갈겨줄 테니까, 외치는 듯한 영리하고 골난 표정. 그는 목경과 놀아줬다. 둘은 봉분 끄트머리를 파서 두꺼비집 놀이를 했다.

"두껍아, 두껍아, 헌 집 줄게, 새집 다오."

그는 무언가를 흙속에 파묻고 괜히 무경이 들고 있는 책을 툭 건드리고는 떠났다.

목경은 그를 따라갔다. 거울 조끼를 벗고 철제 울타리를 넘어 쫓아갔다. 그러나 결국 놓쳤고 갑자기 어두워진 산길에 놀라 다시 무덤을 향해 뛰기 시작했다. 멀리 개 짖는 소리와 하산하는 사냥꾼들의 조급한 총소리가 들렸다. 옛날이었다. 총기 난사 사건이 있기 전, 총기 반납이 허술하던 시절. 해가 지고 열 시까지가 정말 재밌었다. 금지된 곳에 가서 금지된 것을 쐈다. 축사의 소들은 밤중 총소리에 유산했고 열받은 주민들은 총기를 반납하고 나오는 사람을 몽둥이로 두드려 팼다. 목경은 뛰다 말고 서서 자기 몸을 만졌다. 구멍 난 데는 없었다. 그러면 다시 뛰었다.

고모가 돌아와 있었다.

"어디 갔었니? 빨리 가자."

이제 곧 사유재산인 '츄츄'는 다시 경찰서에 갇힐 것이다.

"여기야."

다시 조끼를 입은 목경이 마을 방향을 가리키며 말했다. 고모는 산 쪽으로 걸어갔다. 산 쪽 울타리는 짐승이 침입을 시도했는지 우그러져 있었다. 울타리 너머로 산책로도 인공의 빛도 보이지 않았다. 그 너머로는 산의 깊고 어두운 내부가 시작되는 듯했다.

"고모, 거기 아니라니까."

"총 잃어버렸어. 찾아야 해."

"난 여기 있을래요."

무경이 말했다.

"안 돼. 위험해. 같이 있어야 해."

고모가 말했다.

목경은 자신의 이마를 짚어보았다. 차가웠다. 이번에는 고열의 은총이 제때 와주지 않을 모양이었다. 고모가 손전등으로 앞을 비췄다. 미러볼 자매가 흐리게 빛을 반사했다. 옅은 빛의 무리가 총을 찾아 어두운 산길을 걸었다.

푹 꺼진 마른 도랑에 남자 둘이 있었다.

"하이라이트를 놓치셨네!"

도랑 위 세 사람을 올려다보며, 빨간색 남방을 입은 남자가 말했다.

그는 방금 '하이라이트'가 끝난 것처럼 말했지만, 고모가 보기에는 아니었다. 멧돼지 꼴을 보니 그랬다. 세 사람이 서 있는 바로 그곳에서 두 사람은 도랑에 처박힌 멧돼지를 쐈다. 총부리를 아래로 하고. 전능감을 느끼며. 개들이 멧돼지를 도랑으로 몰았을 것이고, 총알이 멧돼지 목을 관통했을 때 연기가 피어올랐을 것이다. 개들은 피를 핥고, 멧돼지는 우스꽝스러운 짧은 다리로 개들을 밀었을 것이다. 그리고 지금 보는 것과 같이 딱딱해졌다. 다리를 들고 죽은 멧돼지는 뒤집힌 책상 같았다.

"죄송하지만, 저희를 도와주시겠어요?"

고모가 말했다. 손전등 불빛에 남자의 찡그린 얼굴이 비쳤다.

그는 파란색 남방을 입고 있었다. 고모는 얼른 손전등을 내렸다.

"도와주세요."

"하루에 두 번은 안 돼."

파란 남방이 말했다.

"뭔 도움이 필요하실까?"

빨간 남방이 멧돼지 이빨에 끈을 매며 물었다. 그는 친구보다 서글서글했다.

"총을 잃어버렸어요. 빨리 찾아야 하는데 밤인데다가 제가 애들까지 데리고 있어서요."

"애들을 맡아달라고?"

빨간 남방의 말에 목경은 놀라 주저앉았다.

"아니요, 같이 찾아주시면……."

"주시면?"

빨간 남방이 조정漕艇하듯 몸을 젖히며 말했다. 끈이 팽팽해졌다. 산기슭까지 사체를 끌고 가려면 끈이 빠지지 않아야 했다.

"우리는? 아줌마 총 찾아다니면, 우리는 언제 총 반납하고?"

고모가 대답을 망설이는 사이 파란 남방이 물었다. 그는 화를 주체하지 못했다. 그러나 고모는 그의 짜증 밴 질문보다 빨간 남방의 모호한 질문—"주시면?"—에 더욱 신경이 쓰였다. 망설이는 고모를 보고 빨간 남방이 넉살 좋게 말했다.

"오늘 이 친구가 까칠해도 이해해요. 낮에 된통 당했거든. 여자한테 당하구 애한테 당하구. 그래서 좀 예민해. 이렇게 하면 어떨까 싶은데. 어차피 밤에는 못 찾아요. 날 밝으면 같이 찾아줄게."

"선생님들 총은요?"

"아, 우린 신경 쓸 거 없어요. 이거 좀 떠서 갖다주면 파출소 사람들도 뭐라고 안 해. 당신 총포 소지 허가증도 취소 안 당하게 해줄 수 있어. 대신."

"정말 감사합니다."

"놀까?"

"미친 새끼."

"아침까지 우리랑 놀아줘야지."

"미친 새끼. 그렇게 당하고도."

"불쌍하잖아. 애들도 귀엽고."

빨간 남방이 자매를 보며 말했다.

"안녕. 삼촌 해봐, 삼촌."

무경은 〈사랑으로〉―담임선생님이 전교조였다―, 목경은 〈아빠의 얼굴〉을 불렀다. 다섯 사람은 모닥불에 둘러앉았다. 남자들은 불을 잘 피웠고 일단 노래부터 시켰다. 그들은 멧돼지 털을 벗기며 자매의 노래를 들었다.

"나 그 노래 너무 슬퍼."

빨간 남방이 손에 튄 털을 칼등으로 쓸며 말했다.

"어젯밤 꿈속에 나는 나는 날개 달고 구름보다 더 높이 올라 올라갔지요…… 죽은 애가 천국에서 자기 아빠를 내려다보며 부르는 노래잖아. 너무 슬프지 않아? 여기가 찌르르."

빨간 남방이 자기 가슴에 칼을 대며 말했다.

"요샌 왜 이리 마음이 싱숭생숭한지 모르겠어. 아까 낮에 무슨 일이 있었는지 알아?"

빨간 남방이 〈아빠의 얼굴〉을 따라 불러서 목경은 기분이 좋았다. 언니는 치사하게 이주호 작사 작곡의 〈사랑으로〉라는 어른 노래를 불렀다. 그렇지만 자신이 선택되었다.

목경이 가장 빨리 적응했다. 파란 남방은 좀 그랬지만 빨간 남방은 삼촌이라고 부를 수 있었다. 집에 가서 그릴 그림일기의 구상이 모닥불 위로 떠올랐다. 아이들의 그림에는 주술적 효과가 있다. 그래서 그림일기가 그렇게 중요한 것이다. 목경은 고모와 빨간 남방이 결혼하는 그림을 그릴 것이었다. 멧돼지가 주례를 보고, 삼촌은 빨간 턱시도를 입을 것이다.

무경은 화가 난 것 같았다. 무경은 눈이 나빠진다는 이유로 『버섯 도감』을 뺏겼다. 책은 모닥불에 던져졌다. 그후로 무경은 여봐란듯 말없이 앞만 봤다. 고모는 목경처럼 재밌게 '놀고' 있었다. 목경의 눈에는 그렇게 보였다. 그렇지 않다면 어떻게 누가 일 초마다 머리를 누르는 것처럼 고개를 끄덕일 수 있겠는가. 빨간 남방은 수다쟁이였다. 고모는 그의 모든 말에 윗점을 찍듯 고개를 끄덕였다. 리드미컬한 머리의 탄력을 받아 말들이 스타카토를 먹인 듯 통통 튀었다.

"예쁘긴 예쁜데 또 개년은 개년인지라."

끄덕끄덕.

빨간 남방이 들려준 이야기는 다음과 같았다. 오늘 빨간 남방
은 좋은 만남을 가지고 있던 여성분을 산에 데리고 왔다(고모가
"여성분"이라고 하자, 파란 남방이 "분은 무슨" 하고 비웃었다. 그러나 여기서
는 고모의 표현을 따르기로 한다). 그가 여성분을 속이려고 한 건 아니
었다. 그는 분명 여성분에게 산에 가자고 했다. 사냥하러 간다고
하지 않았을 뿐이다. 어쨌든 여기는 산 아닌가? 여기가 바다는 아
니잖아.

여성분은 총을 보고 놀란 모양이었다. 그래도 어찌어찌 잘 따
라왔는데 총을 쏘는 것을 보고 사라졌다. 두 남자가 개의 부름을
따라 정신없이 도랑으로 달려가 멧돼지를 죽이고 돌아와보니 여
성분이 없었다.

"여성분이 충격을 받으셨나보네요."

"분은 무슨."

파란 남방이 코웃음을 쳤다.

"나는 그런 년은 딱 질색이야. 다른 여자들은 사냥에 못 따라와
서 안달이야. 멧돼지 고기 누린내 잡는 특제 소스까지 만들어와.
개를 풀었어야 했는데. 얘가 마음이 약해서."

처음에 둘은 여성분이 길을 잃은 줄 알았다. 스스로 내려갔으
리라고는 상상하지 못했다. 파란 남방이 개를 풀자고 했다. 빨리
풀고 빨리 찾고 한 마리라도 더 잡자. 그러나 빨간 남방은 여성분
을 놀라게 하고 싶지 않았다. 그들은 '좋은 만남'을 갖고 있었고

그 귀결이 코앞이었다. 그들은 목줄을 단단히 말아 쥐고 튀어 나가려는 개와 싸우며 여성분을 찾아다녔다. 허리뼈가 부러질 것 같았다.

여성분은 주차장에 있었다. 자기 차 옆에 신문지를 깔고 산나물을 다듬고 있었다. 날이 거의 저물었다. 다시 사냥하기는 글렀다.

"제 가방 주세요."

여자를 위해, 빨간 남방은 가방을 들어줬다. 여성분이 가방을 받아 들고 차 키를 꺼냈다. 슬로모션처럼 천천히 차문을 열고 뒷좌석에 나물을 신문째 실었다. 그러곤 갑자기 차에 올라타 문을 잠갔다.

빨간 티코가 멀어졌다. 휘청이며 빠르게 나아갔다. 두 남자는 멀어지는 차를 보았다. 희한하게도 여성분의 머리가 보이지 않았다. 몸을 옆으로 완전히 꺾은 채 차를 모는 듯했다. 아주 멀어졌을 때, 일개 엽사가 아니라 사격 선수만이 실력 발휘를 할 수 있을 만큼 멀어졌을 때에야 뒤통수가 가물가물 올라왔다.

"나 너무 속상했잖아."

고모가 그 여성분이기라도 한 듯 빨간 남방이 고모에게 입을 삐죽대며 말했다.

"여자가 나를 못 믿었다는 거잖아. 암만 화가 나도 내가 자기를 쏘겠어? 남자는 말이야."

빨간 남방이 이번에는 자매를 보며 말했다.

"믿어주는 대로 행동하게 되어 있어. 저 인간이 나를 쏘겠구나,

하면 결국 쏘게 돼. 개를 풀걸 그랬어. 해코지를 기대하셨으니 조금은 해코지해드렸어야 하는 거 아닌가, 기대에 부응했어야 하는 거 아닌가 싶어. 그리고 신뢰 얘기가 나와서 말인데, 돌아와보니 쓸개를 빼갔더라고."

두 사람은 다시 도랑으로 돌아왔다. 멧돼지 눈알은 까마귀가 파먹고 없었다. 그건 괜찮았다. 그러나 쓸개는 100만 원을 호가했다.

"웬 꼬마가 도랑 주변을 얼쩡거렸대. 겁도 없이. 우리 계좌에서 100만 원을 인출해간 거지. 오늘 나 너무 재수 사납잖아. 여자한테 엿 먹고 애한테 엿 먹고. 그래서 주신 것 같아."

봉분에 만든 두꺼비집 아래—목경은 지금도 헷갈린다. 손을 덮은 흙무덤은 두꺼비의 헌 집인가, 새집인가—, 쓸개가 개미 떼에 뜯기며 부패 중이었다. 목경은 쓸개를 훔쳐간 범인이 아까 자신과 놀아주었던 키 작은 오빠임을 알았다. 목경은 빨간 남방에게 말하고 싶었다. '그 오빠, 꼬마 아니에요, 중학생이에요.' 그러나 무언가가 목경을 가로막았다. 빨간 티코 여자가 몸을 꺾고 위태롭게 운전하며 느낀 감각. 고모가 고개를 끄덕이며 느끼는 감각. 목경은 사람을 얼어붙게 하는 공포의 감각을 배우고 있었다.

"그래서 주께서 당신을 주셨나봐." 빨간 남방이 수줍게 말했다. "오늘 주께서 나한테 너무하셨잖아. 그래서 좋은 몫을 주신 거지. 사냥하는 여자라니. 자기 멧돼지 잡아봤어? 자기 총 뭐 써?"

고모가 모델명을 말하자 빨간 남방이 박수 치며 웃었다.

"우리 자기 허세가 장난이 아니네. 덕배라니!"

"우리 고모 총 이름 그거 아닌데요? '츄츄'인데요?"

목경이 쏘아붙였다.

목경은 왠지 부아가 났다. 공포에 통달하기에 목경은 인내심이 부족했다. 짜증스러운 공포를 아이의 천진한 비현실감으로 밀어냈고 그러다 짜증이 좀 샜다. 목경은 덕배가 더블 배럴 샷건, 총의 종류를 의미한다는 것을 몰랐다. 생소한 외국어 낱말을 구수한 한국어로 바꾸어 은어로 삼는 사냥꾼의 문화도. 어쨌든 목경 때문에 '츄츄'가 발각되었다. '츄츄'는 사적인 것이었다. 고모가 내보이고 있는 딱딱한 가면 안의 것이었다. 빨간 남방도 그것을 알아차렸다. 그는 수색견이 실종자의 티셔츠 냄새를 맡듯 '츄츄'라는 고모의 사생활에 코를 박고 킁킁댔다.

"귀여워 돌아버리겠네. 총에 이름을 다 붙였어? '츄츄'가 무슨 뜻이야? 말해봐. 에이, 말해봐요. 무슨 뜻이냐니까?"

고모는 침묵했다. 기분 나쁜 티가 났다. 시시덕대던 빨간 남방의 표정이 바뀌었다. 어느덧 멧돼지는 네모가 되어 있었다. 각 뜬 고기는 파출소 사람들에게 전달될 것이다. 그들은 침묵에 빠져 모닥불에 시선을 고정했다. 불과 마주한 얼굴은 뜨겁다 못해 따갑고 추위에 노출된 등은 무감각했다. 무경은 등이 뜨겁고 얼굴이 차가울 터였다. 무경은 모닥불을 등지고 어둠을 보며 앉아 있었다.

"떫어? 떫음, 가."

파란 남방이 고모에게 말했다.

"야, 왜 또 그래."

빨간 남방이 자신의 총을 쓰다듬으며 파란 남방을 말렸다. 파란 남방은 흥분을 가라앉힐 의향이 없어 보였다. 사실 빨간 남방도 친구를 말릴지 부추길지는 너 하는 거 봐서, 하는 얼굴로 고모를 뚫어지게 보고 있었다.

"아줌마, 안 말려. 가. 애들 데리고 가서 총 찾아. 왜 여기서 이러고 있어? 남의 불 쪼고 남의 호의 바라면서 왜 여기 이러고 앉았어?"

"아니, 그게 아니고요."

고모가 머리를 조아리며 말했다.

"할 수 있잖아."

파란 남방이 말했다.

"할 수 있는데 하기 싫은 거잖아. 만약 당신이 다리가 부러져서 걸을 수 없고, 산을 오를 수 없고, 총을 찾으러 갈 수 없다면 나는 목숨을 바쳐서라도 도와줄 거야. 그런데 아니잖아. 할 순 있는데 하기 싫은 거잖아. 그런데 내가 왜 당신을 도와야 해? 더군다나 당신이 우리에게 작은 기쁨도 주지 않는다면."

"그거네!"

빨간 남방이 외쳤다.

빨간 남방이 사타구니께에서 까닥이던 총을 멈췄다. 페니스의 연장인 듯 개머리판을 귀두 끝에 댄 총이 약간 들린 위치에서 정지했다.

"나 알았어! '츄츄'의 비밀! 츄! 츄! 츄츄! 총이 당신의 서방이
구나!"

빨간 남방이 웃으며 총을 위아래로 막 흔들어댔다.

총포·도검·화약류 등의 안전 관리에 관한 법률에 따르면 총
포의 소지 허가를 받은 자는 그 총포를 총집에 넣거나 포장하여
보관·휴대 또는 운반하여야 하며, 보관·휴대 또는 운반 시 그 총
포에 실탄이나 공포탄을 장전하여서는 아니 된다. 2021년 12월
18일 낮 12시 30분께 제주시 노형동 월산정수장 입구 교차로에
서 육십대 수렵인 A씨가 신호 대기로 정차 중이던 자신의 차량
안에서 총기 반납을 위해 엽탄을 제거하려다 총을 놓쳐 운전석
창문을 향해 엽탄을 발사했다.「대낮에 빵, 계속되는 총기 오발 사
고, 엽사들 왜 이러나」.

뭘 모르고 하는 소리다, 그것이 빨간 남방의 지론이었다. 책상
물림의 한심한 탁상공론이다. 멧돼지는 설맞으면 내장을 줄줄
흘리면서도 사람에게 달려드는 동물이다. 돌진하는 동물이다. 그
런데도 법을 지킨답시고, 총을 '휴대' 중이라고, 실탄을 빼놓아야
할까?

멧비둘기가 총소리에 날아갔다.

총소리가 마을까지 들렸을까. 축사의 소는 유산하고 주민들은
몽둥이를 들고 달려오고 있을까. 무경이 사라진 걸 깨달은 건 총
이 발사되고 한참 뒤였다. 남자들은 두 번째 수색에 나서야 했다.
개들은 생뚱맞게도 또 한 마리의 멧돼지를 도랑에 몰아넣었다.

그들은 그렇게 훈련받았다.

3

고모는 연고가 없는 지역의 작은 종교 공동체에서 죽었다. 목경은 구글에 해당 종교 공동체를 검색해봤다. 나오는 게 없었다. 고모의 사인도 단순 병사였다. 실제 그곳은 종교 집단보다 세속적인 생활 공동체에 가까웠다. 의지가지없는 사람들이 모여 낮동안 각자 일하고 밤에 같이 부침개를 해먹는 곳이었다. 교주도, 의식도 없었다. 그러나 공동체 앞에 붙은 '종교' 자가 가족들을 수치스럽게 만들었고 죽음을 쉬쉬하게 했다. 그래서였을까. 목경이 장례식에서 가장 자주 들은 단어가 '기본'이었다. 어른들은 모두 '기본'으로 하라고 했다.

"큰아버지, 불러드릴게요. 수의 1호, 면 74퍼센트, 폴리 26퍼센트, 25만 원. 수의 2호, 면 100퍼센트, 45만 원. 수의 3호, 대마 100퍼센트, 150만 원. 어떻게 할까요?"

"기본으로 하렴."

장례에서 기본은 최저가를 의미했다.

고모의 장례식에 무경은 오지 않았다. 무경은 집 밖에 나가지 않는 사람이 된 지 오래였다. 목경에게 언니의 몫까지 하려는 강박관념이 있었을까. 가끔 자신이 가족 행사에 지나치게 열성적이라고 느낄 때 목경은 언니가 집에서 자신을 조종하고 있는 듯한 느낌을 받았다. 목경은 기둥에 기대 사람들이 하는 이야기를 들었다. 이따금 기둥에서 몸을 떼고 상조회사 직원의 속을 뒤집으며.

"아니요, 방울토마토와 귤요, 기본요. 그거면 충분해요."

"……기억나요? 필리핀에서 전화 왔었잖아요. 애들 고모가 다 쳤다고."

"기억나요. 필리핀 사람들이 돈을 부치라고 했었죠? 얼마였죠?"

"이백요."

"피싱이었나요?"

"모르죠. 어쨌든 돈은 부쳤어요."

"대단하세요."

"애들 아빠는 보내지 말라고 했어요. 그 사람, 자기 동생을 끝까지 용서 못 했어요. 고모가 그 사람이 들어준 실비 보험을 날렸거든요. 애아빠가 10년을 붓다가 책임감을 키워주려고 고모더러 내라고 했던 건데 안 냈죠. 한 달에 1만 6천 원만 내면 되었는데. 자기 인생을 방치하는 사람에게 가장 맡기지 말아야 할 게 뭔지 알아요? 보험료예요. 무경이 건 우리가 평생 낼 거예요."

목경도 그날을 기억했다. 필리핀에서 전화가 왔던 날. 고모가 가족과 연락을 끊은 지 3, 4년이 지났을 무렵이었다. 수화기 너머로 사람들이 웃고 떠드는 소리가 들렸다. 파티 중인 듯했다. 타갈

이미상. 모래 고모와 목경과 무경의 모험

로그어, 핑글리시Phinglish, 한국어가 뒤섞여 있었다. 어떤 사람이 서툰 한국말로 고모가 총에 맞았다고 했다. 치료비로 200만 원이 필요하다고. 목경의 아버지가 고모를 바꿔달라고 하자 아파서 못 받는다고 했다. 뜨문뜨문—목경과 부모는 거실에 있었고, 무경은 방에 있었다—코이카, 선생님, 디어dear 또는 디어deer, 이머전시 emergency 같은 말이 들렸다. 목경의 아버지가 전화를 끊자 전화벨이 계속 울렸다.

목경의 아버지는 끝까지 전화를 받지 않았다. 대신 그는 화를 냈다. 화로 불안을 밀어냈다. 그는 고모의 무책임에 대해, 보험을 날린 것에 대해, 그래놓고 자신에게 미래에 MRI 촬영비와 방사선 치료비를 청구할 것에 대해, 돈을 주든 안 주든 괴로울 수밖에 없는 자신의 무력감에 대해 미리 분통을 터뜨렸다.

보이스 피싱 가능성을 제기한 사람은 엄마였다. 두 사람은 웅크린 채 필리핀 보이스 피싱, 필리핀 국제번호, 필리핀 총기 사고 등을 찾아봤다. 목경은 무경이 이 모든 소동을 듣고 있을지 궁금했다. '언니는 알잖아.' 당장 언니의 방으로 뛰어들어가 이 일에 대해, 오래전 겨울 여행에 대해 말하고 싶었다. '언니, 고모는 필리핀에서 사슴 사냥을 하나 봐. 총에 맞았나 봐.'

목경은 언니의 방으로 가는 대신 자신의 방에서 통장을 가지고 나왔다.

무경이 발견된 곳은 아파트 단지였다. 다음 날 아침이었고, 빨간 남방과 파란 남방이 흥미를 잃고 돌아간 지 오래였다. 그들이 헤매고 다녔던 산의 끝자락에 있는 아파트였다. 무경은 언 계곡을 따라 아래로 내려왔다. 하류에 다다르자 건너편으로 아파트가 보였다.

밤에 눈이 왔다. 눈이 녹은 아파트 정문 쪽과 달리 뒤쪽은 여전히 눈밭이었다. 무경은 거기 있었다. 산에 면한 아파트 뒤편. 영구 임대 아파트 구역. 아파트 관리소 직원이 창고에서 염화칼슘을 꺼내려다 눈 쌓인 비닐 아래 '츄츄'를 안고 있는 무경을 발견했다. 총은 경찰서에 갇히고 무경은 고모에게 인계되었다. 멧돼지 고기를 받았는지 경찰은 고모를 그냥 보내줬다.

세 사람은 올 때 그랬던 것처럼 갈 때도 많이 걷고 택시를 타고 기차를 타고 그러고도 또 걸었다. 세 사람은 집에 올 때까지 말이 없었다. 목경이 한번 꾸우꾸, 했다가 다시 조용히 했을 뿐이다. 집에 오자 무경은 곧장 자기 방으로 갔다. 긴장이 풀린 목경이 슬슬 울음을 터뜨리려는데 고모가 무경을 쫓아갔다. 하는 수 없이 목경도 따라 들어갔다. 언니는 맞을 터였다. 그런 사고를 치다니 맞아도 쌌다. 그러나 고모는 무경을 때리지 않았다. 안아주지도 않았다. 둘은 대치하듯 멀리 떨어져 서로를 뚫어지게 보았다. 그런 두 사람을 목경은 침대에서 내려다보았다. 침대에서 뛰어봤지만 소용없었다.

목경은 그 순간을 오래 기억했다. 고모와 무경 사이에 피어나던 묘한 거리 감각. 두 사람은 친하지 않았다. 앞으로도 가까워지

이미상. 모래 고모와 목경과 무경의 모험

지 않을 것이었다. 두 사람이 손을 잡거나 살을 비비거나 땀방울을 빨아먹는 일 따위 없을 것이었다. 그러나 서로를 못박힌 듯 강렬히 보는 눈빛에서 목경이 영원히 따라잡을 수 없을 원감遠感이, 깊은 이해가 일어나고 있었다.

"왜 그랬니?"

고모가 물었다.

"나도 해봤어요."

무경이 말했다.

"할 순 있지만 정말 하기 싫은 일. 고모의 그 일을, 내가 했어요."

고모는 만화에 나오는 사람처럼 웃었다. 그러더니 이런 소릴─목경은 억장이 무너졌다─하는 게 아닌가.

"너는 내 딸이구나."

"고모, 나 열나요."

목경이 말했다. 그날이 목경이 고모에게 처음으로 존댓말을 쓴 날이었다.

4

물론 무경이 고모의 진짜 딸은 아니다. 너는 내 딸이구나. 그 말은 고모의 귀족 의식을 보여준다. 고모가 그 말을 했을 때 목경은 자신이 대관식을 보고 있음을 알았다. 누구도 모르는 고모의 비밀 원칙을 언니가 알아차렸다. 그리하여 고모는 자신이 아니라 언니에게 왕관을 수여한 것이다. 내적 기준이라고도 부를 수 있을, 고모의 비밀스러운 원칙을 알고 보면 고모의 가출은 다르게 보인다. 무경은 고작 열두 살의 나이에 그것을 알았을 뿐 아니라 더없이 간명하게 표현했다. 할 순 있지만 정말 하기 싫은 일.

그것은 할 수 없는 일과 다르다. 할 수는 있다. 할 수는 있는데 정말 하기 싫다. 때려죽여도 하기 싫다. 그러나 정말 때려죽이려고 달려들면 할 수는 있는 일이다. 그것은 가능이 아니라 선택의 영역에 속하는 일이다.

그 일을 대신 해준다는 것이 고모에게 어떤 의미였을까. 목경과 무경의 부모가 밖으로 돌았을 때, 자식을 굶겨 죽일 만큼 정신이 나가지는 않았지만 애들을 돌보기가 죽기보다 싫었을 때, 놓아지지 않는 정신이, 최소한의 양심이 저주처럼 느껴졌을 때, 차라리 불능이길 바랐을 때, 그럴 때 나타난다는 것이, 게다가 아무 설명 없이 생색 없이 철없는 가출의 형식으로 나타나 상대가 가장 바라는 것을 해준다는 것이 고모에게는 어떤 의미였을까.

좋은 마음만은 아니었을 거라고, 목경은 생각했다. 메리 포핀스처럼 날아다니며 '할 순 있지만 정말 하기 싫은 일'에 빠진 사람들 앞에 짠, 나타나는 고모에게는 오만한 고약함도 있었다. 그러나 목경은 무수한 의도 중에서 실오라기 같은 악의를 건져올리려는 결벽증을 버린 지 오래였다. 고모의 의도가 무엇이었든 사

이미상. 모래 고모와 목경과 무경의 모험

람들은 시간을 벌었다. 할 순 있지만 정말 하기 싫은 일이 (결코 하고 싶어지지는 않겠지만) 그럭저럭 하기 싫은 일로 바뀔 때까지 숨 돌릴 틈을 얻었다.

목경의 마음을 아프게 한 것은 언니가 너무 어린 나이에 그것을 알았다는 사실이었다. 겨울의 산에서 고모는 남방들의 어떠한 공격에도 웃으며 그들 너머의 어둠을 흘금거렸을 것이다. 산에서 얼어죽을 수도 있지만, 복수심에 불타는 멧돼지들의 송곳니에 치일 수도 있지만, 그래도 다리가 부러지지는 않았으니까, 말 그대로 발을 움직여 갈 수는 있으니까…… 고모는 몇 번이나 조카들과 모닥불가를 박차고 나와 숲을 헤매는 상상을 했다. 할 순 있지만 정말 하기 싫은 일. 때려죽여도 하기 싫은 일. 실은 너무 두려운 일. 왜 할 수 없는 일보다 할 수 있다고 믿는 일이 사람에게 더욱 수치심을 안겨주는 것일까. 무경은 고모의 그 일을 해주었다. 고모는 무경이 그 일을 해주었을 때 자기 안에 있는 구원을 바라는 마음을 보았다. 대체 언니는 어떤 눈을 지녔기에 그 나이에 그 마음을 봤을까, 목경은 아찔해지곤 했다.

"실뜨기에서 실을 꼬집어 올리는 것처럼요, 이렇게."

동생이 손집게를 우아하게 올리며 말했다.

두 사람은 아직도 카페에서 집에 간 친구, 세 번째 여자를 기다리고 있었다.

"단편소설에서 결정적인 순간을 만든다는 것은 어떤 한 포인트를 융기시킨다는 것을 의미해요. 그 불쑥 솟은 한순간 아래 모든 문장과 장면이 깔리게 되는 거죠. 좀 비민주적이지 않아요?"

"너를 어쩌면 좋니." 언니가 웃으며 말했다. "그나저나 얘는 왜 이렇게 안 와? 맡아봐. 쉬었니?"

"완전 갔어요."

동생이 머그잔을 치우며 말했다.

목경의 자리까지 생고기 쉰내가 풍겼다.

동생은 소설에 대해 말하고 있었지만, 목경은 동생의 말을 따다 자기 상황에 대입해보았다. 특히 불쑥 솟은 한순간과, 그 아래 깔린 시시한 것들에 대해. '한 방'이 지닌 특권에 대해.

고모가 언니를 딸로 임명했을 때 목경은 무엇보다 분했다. 고모를 사랑한 것은 자신이었다. 고모와 시간을 보낸 것은 자신이었다. 고모와 살을 비비고 땀을 흕은 것은 언니가 아니라 자신이었다. 그러나 두 사람은 한순간 깊이 닿았고, 고모가 죽기 직전 떠올릴 한순간을 골라야 했다면 언니와의 기억을 택했을 것이다. 이 얼마나 분한가!

그러나 목경은 또한 알고 있었다. 어떤 기억은 통으로 온다. 가슴을 빠개며 기억의 방이 통째로 들어온다. 장의사가 고모의 발에 씌운, 삼베 버선 끝에 맺힌 기억도 그랬다.

오래전 어느 날, 모래 고모와 목경과 무경은 목욕탕에 갔다. 세 사람이 들어간 탕은 수온이 적당해 사람이 많았다. 어떤 엄마와 아이가 탕에 들어왔다. 처음에 목경은 아이가 버르장머리 없이 자란 아이인 줄 알았다. 아이는 손으로 코를 풀어 탕 속에서 비볐다. 그 짓을 계속했다. 아이의 콧물로 물이 더러워졌다. 아이 엄마는 고개를 외로 꼬고 못 본 체했다. 장애가 있는 아이였다.

사람들이 다른 탕으로 가기 시작했다. 거리낌없이 일어나 엉덩이 주변으로 물을 튀기며 하나둘 열탕으로 옮겨갔다. 목경도 사람들을 따라 일어섰다. 마침내 탕에서 빠져나왔을 때, 목경은 뒤에 아무도 없다는 것을 알았다.

목경은 사람들이 모인 열탕을 지나 그대로 샤워 부스로 갔다. 샤워기 옆 거울에 기증 단체명이 적혀 있었다. ㈜둥지협동조합. 거울이 수증기에 젖어 흐렸다. 목경이 팔로 거울을 문질렀다. 짧은 순간, 뒤가 비쳤다. 고모와 언니가 보였다. 아이와 아이 엄마도. 그들은 그대로 탕 안에 있었다. 수증기가 밀려왔다. 고모와 언니는 ㈜둥지협동조합과 함께 다시 흐려졌다.

끝나지 않는 독자의 모험

이미상 × 안서현

안서현 이번 '여름의 소설'로 이미상 작가의 「모래 고모와 목
경과 무경의 모험」이 선정되었습니다. 그래서 오늘은
작가님을 모시고 이 작품에 대한 이야기를 나눠보려
고 합니다. 안녕하세요.

이미상 안녕하세요.

안서현 인터뷰에 응해주셔서 감사합니다.

이미상 저도 감사합니다.

안서현 인터뷰에 대한 질문으로 이 자리를 시작해볼까 합니다. 다른 출판사에서도 이런 인터뷰를 하잖아요. 최근에 계속 좋은 작품을 쓰셔서, 소설을 발표할 때마다 인터뷰를 하고 계신데요. 한 작품 쓰고 인터뷰 한 번 하고, 급기야는 한 작품 쓰고 인터뷰 두 번 하고, 이런 리듬으로 작품 발표와 인터뷰를 병행하고 계신 것 같아요. (웃음) 비평가의 입장에서는 비평 지면의 한계를 벗어날 수 있어서 좋고, 독자의 입장에서는 직접 작품에 대한 이야기를 들어볼 수 있어서 좋은데, 작가 입장에서는 어떠신가요? 계속해서 작품에 대한 말하기를 해야 한다는 건 즐겁기도, 또 힘들기도 할 것 같아요.

이미상 저는 운이 좋게도 인터뷰를 조금 자주 한 편인데요. 대신 서면 인터뷰만 해봐서 직접 얼굴을 뵙고 인터뷰하는 것은 처음이에요. 오늘 이렇게 마이크도 태어나서 처음 장착해보고 떨리네요. 서면 인터뷰의 경우 저는 글쓰기와 비슷하게 느껴요. 답변을 적을 때 글을 쓰듯 나름 기승전결도 생각하고 퇴고도 하고 생각보다 시간이 오래 걸려요. 그리고 요즘 들어 인터뷰 자체에 대해 고민이 많아요. 예전에는 읽는 사람의 해석 가능성을

여름

좁히지 않기 위해 최대한 소설에 대해 설명하지 않으려 했거든요. 그리고 작가가 설명하는 순간 그것이 정답처럼 생각되는 구도도 선호하지 않았고요. 예를 들어서 제가 어떤 영화를 보고 '아, 감독이 저 캐릭터 참 싫어하는구나' 하고 생각했는데 감독이 그 캐릭터를 존경한다고 해버리면 어쩔 수 없이 제가 틀린 것처럼, 제대로 보지 못한 것처럼 느낄 수밖에 없는 듯해요. 그러지 않으려고 노력하지만 역시 틀렸다는 생각에 위축이 되더라고요. 그럴 때 감독이 아예 그 캐릭터에 대해 언급하지 않는 편이 가장 낫죠. 반면에 저는 독자나 관객으로서 작가의 인터뷰를 읽는 일을 정말 좋아하고, 또 작가가 너무 적게 말하면 속으로 뭐야, 좀 더 쓰세요, 아, 이야기 좀 푸세요, 하거든요. 그리고 작품과 별개로 인터뷰가 독립된 텍스트로서 작품과 대립하기도, 작품을 보완하기도 하면서 그 상호작용이 작품과는 별개의 재미를 주기도 하고요. 그래서 인터뷰에서 얼마만큼 말해야 할지 늘 고민이랍니다. 어찌 되었든 첫 대면 인터뷰라 떨리네요.

안서현 영광입니다. (웃음) 「모래 고모와 목경과 무경의 모험」을 정말 재미있게 읽었습니다. 제목을 봤을 때부터 설렜어요. 문학 잡지에서 「모래 고모와 목경과 무경의

인터뷰 _ 이미상 × 안서현

모험」 같은 제목을 본다는 것 자체가 흔한 일이 아니잖아요. 어렸을 때 읽던 모험소설들이 생각나서 신이 났어요. 그리고 이 이야기는 돌봄에 관한 기존의 서사를 해체하고 전복하면서 재구성해나가는 이야기로 읽혀서 무척 통쾌했어요. 우선 고모의 가족 내 돌봄 노동을 정당화하는 할머니의 모성 신화를 고모의 가출 이야기로 바꿔내고 있으니까요. 돌봄의 위치, 또는 돌봄을 말하는 방식에 대한 문제의식이 이 작품에 깔려 있다고 볼 수 있을까요?

이미상 좋게 봐주셔서 감사합니다. (웃음) 돌봄에 대한 문제의식이 없지는 않았어요. 오히려 너무 있어서 지나치게 직접적으로 드러날까 봐 고민이 되었어요. 예를 들어서 고모가 자신의 부모에게 행하는 돌봄을 무급 돌봄 노동의 차원에서 말할 수도 있을 거예요. 여성의 성 역할로서 강제되는 자녀 돌봄에 관해서도 세밀하게 다룰 수 있겠지요. 그러나 그렇게 직접적으로 다루는 것은 저보다 잘할 수 있는 분이 워낙 많기에 그래도 조금 이야기가 되지 않은 것과 제가 접하지 못한 것은 어떤 게 있을까 고민했어요. 그래서 할머니의 '모성 배출 신화'를 넣어봤는데요. 10년 전쯤에 완전히 같은 이야기는 아니지만, 소설 속 할머니의 논지와 비슷한 이야기를 들은 적이 있어요. 그때도 참 황당하기도 하고 발상이 기발하다고 생각하기도 했는데, 오래 마음에 가지고 있다가 변형해서 소설에 넣었어요. 남성의 '성욕 배출 신화'와 붙여보니 더 재미있고 의미가 선명해지는 것 같았고요.

안서현 독자 입장에서도 이 이야기는 '작가가 돌봄에 관한 이야기를 하는구나' 하는 생각이 바로 들게 하는 이야기는 아니었어요. 먼저 독자에게 모험 서사에 대한 기대를 주었으니 독자로서는 우선 이 이야기의 중심에 놓여 있는 세 사람의 흥미진진한 모험을 따라가게 되었고요. 여러 사람을 차례로 만나고, 위기에 부딪히고, 위협을 당하고, 그것을 해결하고, 마지막에는 대관식으로 끝이 나는 것까지 완벽한 한 편의 모험 이야기였고요. 그런데 이 모험은 목경과 무경의 부모님이 고모에게 기왕이면 아이들을 둘 다 데리고 여행을 가라고 해서 시작된 것이죠. 아이들과 함께하는 여행이지만 고모는 과감하게 꿩 사냥을 택했고, 아이들도 한몫하며 동참했고요. 이렇게 겉으로 드러난 모험 서사 안에 변형된 돌봄 서사가 숨겨져 있어서, 처음에는 신나는 모험 서사로 두 번째는 틀에서 벗어난 돌봄 서사로, 두 번 읽어볼 수 있는 이야기였다고 생각해요.

이미상   제가 서면이든 대면이든 이래서 인터뷰를 좋아하는데
요. 질문을 받으면 제가 미처 생각하지 못한 부분을 스
스로 탐색하게 돼요. 그래서 누군가에게 질문을 받는
것은 어떤 질문이든 참 귀한 기회라고 생각해요. 듣다
보니 저도 어릴 적에 부모님이 집에 늦게 돌아오시면
무척 신났던 기억이 나요. 특히 〈경찰청 사람들〉을 볼
수 있어서 좋았어요. 그래서 그때의 분위기, 부모님이
아예 안 들어오면 안 되고 (웃음) 늦게 오면 두렵기도
하지만 사실 우리만의 모험이 펼쳐지잖아요. 그런 분
위기가 글에 흘러 들어간 것 같아요. 그리고 소설에는
나오지 않지만, 목경, 무경 자매의 어머님도 지금 밖에
서 신나게 모험 중이시고 본인만의 세계를 갖고 계시
겠죠.

안서현   맞아요. 그리고 보통의 돌봄 서사에서 아이들은 다만
돌봄의 대상일 뿐인데, 여기서는 이 돌봄의 모험에 동
참하는 무경의 시선이 있어요. 그 점도 색다르게 느껴
졌던 것 같고요. "할 순 있는데 하기 싫은 거잖아. 그런
데 내가 왜 당신을 도와야 해? 더군다나 당신이 우리
에게 작은 기쁨도 주지 않는다면" 하고 말하면서 음험
한 거래를 하려 드는 빨간 남방이나 파란 남방과 달리
고모나 무경은 상대방의 "때려 죽여도 하기 싫"은 마

음을 읽어주죠. 돌봄을 의무나 희생의 차원에서만 이야기하는 것이 아니라 그 '하기 싫음'의 순간에 대해 더 이야기할 필요가 있겠다는 생각도 들고요.

그러고 보니 「모래 고모와 목경과 무경의 모험」에서는 읽기가 참 중요하더라고요. 이 이야기를 고모와 무경이 마음 읽기의 능력을 발휘함으로써 모두가 돌봄의 곤경에서 벗어나는 이야기로 읽어본다면 더욱이요. 돌봄을 서로에 대한 읽기의 능력으로 의미화할 수도 있겠고요. 그리고 「이중 작가 초롱」(『이중 작가 초롱』, 문학동네, 2022)은 쓰기에 관한 이야기가 주를 이뤘고, 특히 초롱이 침대에 누워 천장을 보면서 무시해도 좋지만 잊히지 않는 평가를 부숴내는 이빨을 상상하는 장면이 인상적이었잖아요. 「모래 고모와 목경과 무경의 모험」에서는 무경이 침대에 누워 중요하다고 하지만 읽을 수 없는 작품을 상상하는, 또 다른 천장의 시간에 대한 이야기가 나와요. 이번에는 말을 부수는 것이 아니라 이야기를 만들어내는 것이고, 쓰기의 자유가 아니라 무한한 이야기의 공간을 유영하는 읽기의 자유에 대해 생각해보게 되죠. 이런 식으로 작가님의 소설에서는 문학 수업의 이미지들이 계속해서 제시되는데요. 이런 지점도 흥미롭습니다. 그래서 말인데요, 아마도 예상 질문일 거라고 생각하는데, 작가님도 혹

인터뷰 _ 이미상 × 안서현

시 이 천장의 리스트가 있으셨는지를 여쭤보지 않을
수 없어요.

이미상   제가 책을 많이 읽은 편이 아니긴 한데요. 제가 늙어서
그런지 어렸을 때는 인터넷이 없었거든요. (웃음) 인터
넷도 없었고, 인터넷 서점도 없었고, 책 사려면 시내의
큰 서점에 가야 했고요. 어려서 집에 굴러다니던 추리
소설 계보나 세계 영화사 그런 종류의 다이제스트 북
을 봤는데요. 짧은 소개 글만 읽을 수 있고 자세한 내
용은 알지 못했어요. 지금은 인터넷에 검색하면 얼추
내용을 알 수 있지만 그때는 못 그랬어요. 그래서 그냥
상상만 했어요. 에도가와 란포도 처음 이름을 알고 너
무 웃긴 거예요, 사람 이름이. 그가 어떤 작가일지 상
상의 나래를 펼쳤어요.

그런데 정식으로 책이 발간되면 읽지는 않고요. 막상
찾아 읽지는 않는 스타일인 것 같아요. 항상 상상하는
것이 더 좋고, 음악도 정보가 제한된 상황에서는 애달
파하다가 정식 음반이 발매되면 듣기 귀찮고……. 그
렇게 지식이 얇아져만 가고요. (웃음) 아카이브형 인간
은 못 되는 거죠. 그나저나 소설집을 준비하며 알게 되
었는데 제 소설에 천장이 정말 자주 나오더라고요. 이
걸 어쩌나, 싶습니다.

안서현   소설집 인기도 천장을 뚫을 것 같아요. (웃음) 이렇게 읽기의 경험도 나눠주셔서 참 좋습니다.

자, 이제 이 소설의 마지막 장면에 대해서 여쭤보지 않을 수 없는데요. 다른 분들께도 질문을 많이 받으셨을 것 같긴 하지만, 어쩔 수 없습니다. 소설 속 작가 동생이라는 인물이 단편소설의 끝내기 관습에 대해서 계속 이야기하잖아요. 마지막 장면의 '한 방'과 그것이 지닌 특권에 대해서요. 그래서 독자도 함께 기존의 단편소설 형식, 나아가서는 기존의 단편소설 쓰기/읽기의 방식에 대해 함께 생각하게 되거든요. 그 과정에서 독자는 '그래, 꼭 마지막에 결정적 장면이 있을 필요는 없어' 하고 생각하는데요. 그런데 이 소설의 마지막 장면은 그야말로 의미가 집약된, 그리고 의미가 폭발하는 장면이다 보니까 어쩔 수 없이 또 '한 방'으로 읽어내게 되는 거예요. 그러면서 독자로서는 통쾌한 난감함을 경험했거든요. 이렇게 읽을 수밖에 없는데 한편으로는 '아, 또……' 하면서 그런 읽기를 의식하게 되니까요. 또는 난감한 통쾌함? 이렇게 읽기는 싫은데 어쩔 수 없이 그렇게 읽게 되는 순간 '아, 이거구나' 하는 생각도 들고요. 혹시 이 장면을 쓸 때 독자의 이런 반응을 생각하면서 쓰셨는지요. (웃음)

인터뷰 _ 이미상 × 안서현

이미상 좋은 지점을 말씀해주셨다는 생각이 들어요. 왜냐하면 소설을 쓰며 고모, 자매, 총, 사냥, 이런 모든 소재와 인물을 생각하기 이전에, 저에게 이 소설의 출발점은 소설 쓰기 자체에 대한 것이었거든요. 조금 더 구체적으로는 단편소설 쓰기요. 그동안 제가 이번 소설처럼 서사를 분절시키지 않고 한 호흡으로 죽 이어가는, 뭐랄까요, 전통적인 단편소설을 쓴 적이 거의 없었어요. 잘 못 쓰기도 했고요. 그래서 한번 써보자고 생각했어요. 왜냐하면 제가 약간 자기 주도 학습처럼 소설을 쓸 때마다 스스로에게 과제를 주고 또 과제를 제출하고 그러거든요. 그게 늘 첫 번째 규칙이자 구상이에요. 이번 학기의 목표는 단편소설이란 무엇인가, 이제 혼자 그런 생각을 해보는 거예요.

그러다 보니 단편소설을 이루는 핵심 요소가 뭘까 생각했어요. 주로 그러잖아요, 삶을 단칼에 베였을 때 드러나는 단면, 짧은 순간, 순간의 깨달음. 그런 고민을 하다가 그래, 그냥 일단 이 고민 자체를 소설 앞부분에 넣자, 넣고 생각해보자, 했어요. 그리고 단편소설의 미학이 결정적인 한순간이라면 삶에서도 그런 순간이 있을 텐데, 그 둘을 포갠다면……. 그러다가 고모랑 목경이랑 무경이는 어디서 어떻게 온 건지 모르겠어요. 어쩌다 보니 나오게 되었어요. (웃음) 주로 소설의 내용보다 조금 추상적인 고민이 먼저인 것 같아요. 그러다 보니 이 소설에서는 제일 문제가 되는 것이 재귀적 측면, 즉 이 소설이 주장하는 바, 동생 작가가 말하듯 '한 순간을 강조함으로써 모든 문장이 그 아래 깔리게 되는 것'이라는 주장 내지는 기준을 이 소설 자체에 적용했을 때, 얼마나 벗어날 수 있는가 하는 것이었어요. 더욱 어려운 문제는 소설에서 하나의 생각, 하나의 결론, 하나의 순간, 하나의 장면에 특권을 부여하지 않으려면 애초에 이러한 방식의 도입부를 써서도 안 되고 서사성이 강한 이야기로는 해내기 어려운 듯해요. 소설 초반에, 이미 읽는 내내 염두에 둘 수밖에 없는 특권적인 의미 또는 대화를 심어두었기에 애초에 동생 작가가 말하는 바는 성취할 수 없는 목표였죠. 그래서 고민하다가 너무 힘들고 지치고 잘 모르겠고 뒤늦게 튀어나온 고모와 목경과 무경에게 정도 들고 그들이 더 중요해지기도 해서 마지막을 차라리 전형적인 단편소설의 방식으로 마무리 지었어요. 약간의 차이를 두려 했고, 또 결말부와 관련해 제 나름의 완전히 다른 규칙이 있기도 했지만, 어찌 되었든 오히려 그 효과가 나지 않으면 어떡하나 걱정을 많이 했어요.

안서현 효과가 났죠, 크게 났죠. 그래서 독자 입장에서는, 방금 말씀드린 것처럼 한 장면이 특권을 갖는 것에 대한 저항감과 이 장면을 특권적으로 해석하려는 혹은 해석하지 않으려는 긴장감을 갖고 있다 보니, 오죽하면 이 장면의 배경이 목욕탕인 것까지 생각하게 되더라고요. '그러고 보니 목욕탕은 모두가 다 평등한 공간인데?' 하고요. (웃음) 이건 농담이고요. 이 장면은 목경에게 밀착해서 서술이 이루어지기 때문에 독자들은 목경의 시선을 따라가잖아요. 그래서 목경이 바라본 무경과 고모의 모습을 같이 보게 되는데, 그런데 그 앞에 이게 고모의 마지막 기억이라는 언급이 있어요. 그러다 보니까 고모의 시선으로 이 장면을 다시 보게 되거든요. 어떻게 보면 한 인물이 특권을 갖는 게 아니라 두 인물이 나눠 갖고 있는, 그래서 독자로 하여금 두 인물의 입장에서 보게 하거든요. 그런 점에서 입체적 장면이라고 생각했어요.

고모 입장에서는 무경이 자기의 딸처럼 행동하지만, 목경도 항상 고모를 따라 하잖아요. 무경만 고모를 이해한 게 아니고 사실은 '쌀보리 놀이'를 하면서 목경은 일찌감치 고모를 이해하고 있는 거거든요. 그래서 고모 입장에서는 이 장면 속 '나는 나왔는데 고모는 왜 안 따라왔어, 왜 또 언니랑 둘이 있는 거야!' 하면서 약올라 하는 목경이 얼마나 귀여울까요. 목경 입장에서 이 장면이 기억에 남는 이유가 약이 올라서라면, 고모 입장에서 이 장면이 기억에 남는 이유는 두 조카에게 순수한 이해를 받았기 때문일 테죠. 그래서 저는 이 장면을 통해서 마지막 장면에서 의미의 집중이라는 것이 꼭 어떤 특권적인 것이 아니라 입체적인 집중이 될 수도 있는 가능성을 보여주셨다고도 생각해요. 이야기가 길어졌네요.

이미상 아니에요. (웃음)

안서현 그래서 이 소설은 결정적 한 방을 구현하면서도, 조금은 다른 방식으로 구현했다고 생각했어요.

이미상 너무 잘 생각해주셔서요. 이래서 제가 말을 많이 하면 안 되는데. 제가 말을 할수록 마이너스예요. (웃음)

안서현 '와, 어떻게 이렇게 다 계산해서 쓰셨을까' 하고 생각했답니다.

이미상 그렇게 잘하지 못했답니다. 소설의 마지막이 정말 어려운 것 같아요.
마지막에 힘을 싣지 않더라도, 정말 아무 문장이나 넣

더라도, 마지막은 마지막이라서 무조건 힘이 실리는 것 같아요. 매우 평범한 문장, 예를 들어 '아버지가 집에 가셨다' 이렇게만 해도 그게 마지막 문장이면 강력해지잖아요. 많은 작가들이 마지막 문장에 어쩔 수 없이 담기는 의미, 힘을 어떻게 줄일까, 덜 수 있을까, 고심한다고 생각해요. 어떤 작가는 작가가 글을 쓰는 도중에 사망해야지만 가능하다고도 하고요. 어떤 결말이든 결말을 내는 것이 아니라 그냥 끊겨버려야지만 가능한 일이라고요. 어려워요. 그런데 말씀해주신 각도로 다시 보니 뭔가 좋은 소설 같네요. (웃음)

안서현 감동이죠.

이미상 제가 이래서 말을 줄여야 해요. (웃음)

안서현 결론적으로 마지막 장면은 목경에게도, 고모에게도 각인되어 있는 한 장면이면서, 소설 독자에게도 기쁨을 준 장면이었어요.
마지막으로 그동안 작가님의 소설들을 따라 읽으면서 궁금했던 것, 제가 꼭 여쭤보고 싶었던 것인데요. 서술에 대한 질문을 드리고 싶어요. 소설 작법서에 이런 예시 문장이 나온다고 해볼게요. '그러나 그는 죽을 때까

지도 그것을 깨닫지 못했다.' 소설에서 이런 문장이 나
온다면, 서술자는 이 인물이 죽을 때까지도 다 내다보
면서 지금 이 이야기를 하고 있다는 느낌을 주잖아요.
그래서 이른바 서술자의 전지성을 강화하게 됩니다.
작가님 소설에도 이렇게 서술자의 위치나 권한이 순
간적으로 바뀌는 지점들이 있어요. 일반적으로는 이런
식으로 서술에 변화를 주게 되면 서술의 장악력이 더
강해지게 되는데, 작가님 소설에서 이런 서술들이 튀
어나올 때는 이런 효과와 함께 그 반대의 효과, 즉 서
술의 일관성이 약해지는 효과도 같이 느껴지는 것 같
아요. 서술의 안정성이 깨지는 거죠. 그래서 서술이 종
횡무진, 또는 쾌도난마―이것은 이희우 평론가의 표
현이랍니다―라는 느낌을 주는 것 같습니다. 예컨대
「모래 고모와 목경과 무경의 모험」에 나오는 "목경에
게 옆 구르기 재주를 선보이기도 한 개는, 이제 주인이
군복 바지를 입으면 먼 곳으로의 산책을 기대했다"라
는 문장이 그렇거든요.

작가님의 문장에서 느껴지는 휘몰아치는 듯한 속도감
과 함께, 서술에서 느껴지는 흔들어대는 듯한 리듬감
이 매력적이라고 생각해요. 그래서 서술관에 대해 청
해 듣고 싶었습니다.

이미상　사실 그것은 부분적으로, 아니 거의 70퍼센트는 제가 소설을 제대로 배우지 못했기 때문인 듯해요. 소설을 처음 쓸 무렵에는 안정된 서술의 톤이나 위치 설정이 많이 부족했고, 조절이 잘 안 되었어요. 실은 지금도 충분히 조절하지 못하기도 해요. 나아지기는 했지만 여전히 잘 모르기도 하고요.

안서현　아니요, 적당한 빈도로 적재적소에 그런 서술이 출몰해서요. (웃음)

이미상　소설을 처음 쓸 무렵에는 정말 엉망이었어요. (웃음) 제 성격과도 연동되는 부분인 듯한데요, 원래 약간 카메라 앵글이 제멋대로 돌아가는 듯한 느낌이 있어요. 이곳을 비추다가 정신 차려보면 저길 비추고 있고. 위에서 보다가 땅에 붙어 있고. 처음에는 이게 잘못된 것인 줄도 몰랐는데 지인과 친구들이 정신 사납다고, 왜 갑자기 서술자의 시선이 바뀌느냐고, 말해줘서 알았어요. 그러니까 이건 어찌 보면 제가 소설을 많이 읽지도, 제대로 배우지도 못한 바람에 부족하고 불안정한 부분이에요. 하지만 이제는 어느 정도 의식할 수 있어요. 일단 카메라 앵글이 제멋대로 돌아가는 대로 마구 보고 마구 쓰고 나중에 많이 쳐내요. 그러다가 이 정도

는 괜찮겠다, 하는 것은 놔두고요. 예전에는 정말 엉망 진창이었어요. 의식을 못 해서요. (웃음)

안서현 아니에요. 진심으로 매력적이에요. (웃음)

이미상 그래도 이런 생각도 해요. 저를 포함해 소설을 전문적으로 배우지 않은 분들이 가지는 걱정이 있죠. 실제로 미숙함이 존재하고 그것이 어떤 불안정이나 불균질함을 낳지만, 그것을 인위적으로 컨트롤할 수 있다면 개성으로 작용할 수 있으리라 믿어요. 한편으로는 늘 부러워요. 흔히 소설을 전문적으로 배운 분들이 틀에 박힌 소설을 쓴다고들 하지만 제 생각은 달라요. 문장의 기본기도 부럽고 또 새로운 시도는 기존의 것을 충분히 알고 해본 상태에서 시작되는 경우가 더 많으니까요. 그리고 독자로서 저는 서술의 톤이나 위치가 달라지는 순간을 좋아해요. 아마 독자라면 누구나 구체적으로 알지는 않더라도 무언가 서술이 달라지면 멈칫하게 될 거예요. 저는 그런 포인트를 좋아해요. 예로 들어주신 '그러나 그는 죽을 때까지도 그것을 깨닫지 못했다' 같은 문장이 나올 경우, 서술자는 그 인물에 대해 죽는 날까지의 일을 알고 있다고 단정하며 갑자기 미래로 훅 건너뛰는 거잖아요. 그러면서도 그사이

인터뷰 _ 이미상 × 안서현

의 일들에 대해서는 말해주지 않죠. 그사이의 빈 시간, 그 단호한 단정과 설명되지 못한 시간의 간극이 상상력을 자극하기도 해요. 그래서 작가가 이러한 비약과 단정을 남용하면 싫지만 독자로서 기본적으로 좋아해요. 그래서 제 글에서도 거슬려도 놔두기도 하지요.

안서현 맞아요, 말씀하신 것처럼 시간이나 위치의 간극이 상상력을 자극한다는 점에서도 매력적이고요. 또 기존의 앎이나 익숙한 배치를 흔들어보는 소설의 주제와도 연관될 수 있다고 생각합니다.

마지막 질문인데요. 곧 작가님의 소설집이 나오지 않을까, 아마도 지금 소설집 작업 중이신 건 아닐까, 하고 생각했습니다. 그동안 발표하신 소설 중에는 등장인물의 이름이 겹치는 소설들도 있고, 아까 '천장 시리즈'처럼 써놓고 보니 비슷한 모티프를 공유하는 소설들도 있어서, 한 권의 소설집으로 묶는 과정에서 더 애착이 갔던 작품이나 숨겨져 있던 연결 고리가 발견된 작품들도 있을 것 같아요. 그런 이야기도 포함해서 지금 하고 계신 작업과 앞으로의 계획을 들어보고 싶습니다.

이미상 지금 소설집을 준비 중인데요. 이제 편집부에 넘겨야 하는데 못 넘기고 있어서 민망한 상황이에요. 4년간 쓴 소설을 묶는 것이다 보니, 소설 간에 차이가 많이 나더라고요. 그래서 많이 고치려고 했는데, 초기에 썼던 것을 지금의 시선이나 글쓰기 스타일로 고치면 완전히 어긋나버리니까 또 너무 이상한 거예요. 차이가 심하다, 어쩌지? 완전 고민 중이에요. 그래도 하나의 책으로 묶었을 때 어느 정도의 일관된 느낌을 주고 싶은데 잘 안 되더라고요. 그래서 처음에는 욕심을 많이 냈는데 어찌해야 할지 잘 모르겠어요. 다들 어떻게 소설집을 엮으셨는지 궁금해요.

안서현　그런 거군요. 물성을 가진 책으로 빨리 만나보고 싶습니다. (웃음) 오늘 이미상 작가님과 「모래 고모와 목경과 무경의 모험」에 관한 이야기를 나눠볼 수 있어서 참 좋았습니다. 다시 한번 감사드리고요, 독자 여러분에게도 같이 인사드리면서 인터뷰를 마치겠습니다.

이미상　감사합니다.

안서현
문학평론가

가을

가을

시

문보영
2016년 중앙신인문학상을 통해 시를 발표하기 시작했다. 시집 『책기둥』『배틀그라운드』 등이 있다.

지나가기

부족하다

길 한가운데 뭐가 있는데
어떻게든 피하고 싶었다
게오르크가 생각해낸 방법은
여기까지만 쓰는 거였다
벗나무는 묘하게 멀리 있다

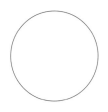

어제보다 좀 더 갔다

다시 찾아가고픈 것이다
표범의 얼굴에 난 두 개의 검은 줄
빛을 흡수해
내리쬐는 날을 견딜 수 있다
눈을 감으면 사방이 깜깜하다
아무것도 보고 싶지 않아서 눈을 감지만
너는 눈꺼풀 뒤를 보고 있다
게오르크 어제보다 더 갔다
미래가 두려워서 오늘은 여기까지만 와본다

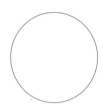

가을

수염

지나가기를 소망했다
아이들이 옷장으로 들어가거나
이불 속으로 숨는 이유는
자신이 더 이상 보이지 않는다는 사실에 희열을 느끼기 때문
이야
몸을 동그랗게 말고서
지나가는 나에 관한 지나가는 모든 말을
흘려듣는다
벚나무에게는 콧수염이 있다
벚나무는 그것을 게오르크에게만 보여주었다
콧수염 덕분에 벚나무는 어두운 곳을 더듬어 길을 찾아갈 수
있다
벚나무가 미묘하게 살아 있다

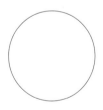

두려운 상황에 대한 탈감각적 반응

저기 공이 있는데
닿으면 죽어
저기까지 안 가는
시 쓰기 훈련 중인
나

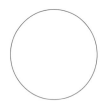

개도 마음이 있을 텐데

아직도 거기 있는 거야

게오르크는 어제보다 멀리 가볼 요량으로 나뭇잎으로 감싼 찰밥과 물통을 챙겨 길 위에 선다

벚나무가 쓴 책을 읽는다

한 문장에서 오타를 발견했는데 다음 문장에서 또 틀린 걸 보고 실수가 아니라는 걸 알아챈다 한 번 실수하면 실수인데 두 번 실수하면 멋이니까 마음을 보여줄 때는 연달아 실수하라

길 위에서

벚나무를

한 번

만나는 건 실수이고

두 번 만나는 건 반복이고

세 번 만나면

벚나무가

밉다

문보영. 지나가기

찾아가는 데 어려움을 겪다

게오르크의 낙타가 사막을
걷는다
해가
너무
세
차라리
해를
정면으로
본다
등에
자신의
그림자가
생겨서
햇빛에
노출되는
피부의
표면적이
줄어든다
내가
나에게

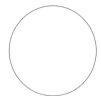

가을

어둠을
주어
타죽을
확률을
낮추었다

동그라미
너는
가슴이
깊어서
폐활량이
좋다
사막
한가운데
벗나무를
심는 건
너무했어

문보영. 지나가기

어딘가 맛이 간 이곳

안 가면 지나간 게 돼

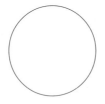

가을

상처 극복 욕망

게오르크가 벚나무에게로 가고 싶다 무대 위로 오른다 낙타는 사막의 배다 낙타는 북아메리카에서 살다가 제 발로 사막으로 걸어 들어갔다 사막에는 아무도 없기 때문에 그런데 그게 또 슬프다 낙타는 혼자 있기의 도사가 된 것처럼 보인다 친구들이 동그란 테이블에 둘러앉아 낙타가 혼자가 된 것에 관해 얘기하고 있다 한 시간쯤 지났을까 말이 없던 한 친구가 바닥에 지갑을 내던졌다 바닥에 내쳐진 지갑으로 관심이 쏠렸고 친구는 바닥에 떨어진 지갑을 주워 그대로 식당을 나갔다 쟤 왜 저래? 그게 저 아이만의 가는 방법이야 안녕이라고 말하는 건 가슴이 아파서 그러는 거야 아니야 아무도 모르게 가고 싶어서 그러는 거야 바닥에 뭐가 떨어져 있으니까 그걸 이용해서 자연스럽게 사라진 거야 낙타가 떠나는 걸 우리가 어떻게 모를 수 있지?

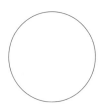

문보영. 지나가기

부족하기 지나가기

왼쪽으로 가도 오른쪽으로 가도 뒤로 가도 앞으로 가도 만나게 되어 있다 언젠가 만나게 되어 있으므로 미래가 이불 속으로 숨어 들어가는 건 자신이 더 이상 보이지 않는다는 사실에서 희열을 느끼기 때문이다 이곳이 아닌 곳에서 나는 덜 비겁해질 것만 같다 게오르크는 희박한 환상을 보고서 그것을 누구에게도 말하지 않고 홀로 간직하였기 때문에 병을 앓고 있다* 이제는 음산한 중절모를 쓴 벗나무와 헛것들에 의해 포근히 싸여 있어야 친구 생각을 덜 할 것이다

어떻게든 피하고 싶었다 나는 멀어진 친구를 다시 만나게 되나요 미래가 모든 질문에 대충 대답한다 대충…… 그건 좋은 일이다

이 지우개는 주황색인데 연필 끝에 달려 있고 문지르면 종이에 주황색 얼룩이 남는다 흑심과 가루가 섞여 번진다 이런 걸 지운다라고 말하고 정말 제대로 지우고 있다고 믿어 보며 지워야 할 문장들을 주황색 지우개로 문질러 더 망치고 얼룩을 남긴다 지우개의 입장에서는 이런 게 지우는 것인지도 모르므로 가령 친구가 쓴 시집의 목차를 달달 외우고 나서 친구의 시집을 펼쳤는데 읽는 동안 목차와 제목을 달달 외웠던 것을 모두 잊는다 그런

가을

것도 일종의 지우개가 하는 일이라고 생각한다면 나는 주황 지우개가 좋아지려 한다 벚나무를 마주칠까 두려워하는 동안 벚나무 또한 나를 만날까 구석에서 벌벌 떨고 있다는 사실을 전해 듣는 꿈을 꾸었지만 그건 나의 소망일 뿐이기에 미래가 목초지처럼 넓게 펼쳐지고 내 눈에만 보이는 소들이 풀을 뜯어 먹는다 그런 일은 벌어지지 않는다 어쩌면 죽을 때까지 멀어진 친구를 만날 수 없을 것이다 벚나무에게는 또 다른 벚나무가 서 있기에 그 옆에는 더 많은 벚나무가 서 있기에 그런데 나는 벚나무가 아니잖아라는 말은 비겁하게 소중하다 그 생각은 그만할 때도 되었다고 벚나무가 벚나무가 되어지질 않는 나에게 말하며 골목을 성큼 성큼 걸어간다면 그것이 친구를 향한 나의 여정이라면 나는 골목으로 들어가 모든 걸 잊으려 든다 골목에는 하얀 꽃이 몇 송이밖에 달려 있지 않은 야윈 나무가 하나 있는데 꽃이 간당간당 매달려 있어 피려는 건지 떨어지려는 건지 좀체 의도를 알 수 없고 떨어지려는 마음과 피려는 마음이 다르지 않기에 그러는 것인지도 그게 벚나무인지 아닌지 벚나무를 보고도 벚나무인지 알지 못할 거면서 벚나무 타령을 하는데 누가 나무를 희한하게 꾸며놨다 흰점토로 만든 나팔을 불며 날아가는 하얀 천사 모형이 나무에 붙어 있고 붙어 있는 건지 날아가는 건지 빛이 정면으로 아기 천사를 비춘다 천사의 피부 매끈하지 않고 울퉁불퉁한 까닭에 어둡고 밝은 부분이 선명하다 햇볕의 고질적인 친절이 나타나는 방식 누군가 숨어서 묵은 피로를 풀고 있다 허공에 떠 있는 천사는 발끝

으로 서 있는 건 아니나 발끝에 힘이 안 들어가는 것도 아니다 그
도 나름의 방식으로 피로를 풀고 있는 것일 텐데 어떻게 나무에
붙어 있나 하는 생각이 천사의 뒤를 보게 한다 얇은 철사가 천사
의 목을 한 번 감고서 나뭇가지에 감겨 있다 나팔을 불며 날아가
는 천사는 목을 매달고 있던 것인데 날아가는 것이나 목을 매다
는 것이나 붙어 있는 것이나 그리워하는 것이나 다르지 않거나
달라도 다를 게 없다는 게 친절함이다

　얇은 나뭇가지에는 파란색 비닐로 된 줄이 달려 있다
　그게 왜 거기 있는지 몰라도 되는 그 이유로 나를 몰라도 된다
　어쩌면 다들 시간이 없어서 그러는지도 몰라

＊　　김정일, 『사이코드라마』 살림출판사, 2007, 22쪽.

쓰고 지우다 지나간 것들

문보영 × 조대한

조대한 2022년 '가을의 시'는 문보영 시인의 「지나가기」가 선정되었습니다.
오늘의 주인공인 문보영 시인님 모셨습니다. 안녕하세요, 시인님. 독자분들께 인사 부탁드리겠습니다.

문보영 안녕하세요. 저는 아마도 시를 쓰고 있는 문보영입니다. 반갑습니다.

조대한 '아마도'라는 표현이 재밌습니다. (웃음) 처음 소식을 전

하는 전화를 받으셨을 때 어떤 생각이 드셨는지 간단
하게 여쭙고 싶어요.

문보영   무슨 시가 되었지, 하고 생각했습니다. 이번 계절에 제
가 발표한 시 중에 좋은 게 있었는지 의문스러웠거든요.
외면하느라 제가 무슨 시를 발표했는지조차 기억을 못
하고 있었어요. 「지나가기」는 문예지에 실렸을 때 자책
했던 시예요. 소제목을 가진 여러 편의 작은 시가 모인
시인데요, 페이지당 여백도 많은 데다가 꽤 길거든요.
종이를 낭비했구나, 이런 생각을 했어요.

조대한   아이고, 그 무슨 겸손한 말씀을. (웃음)

문보영   컴퓨터로 봤을 때 이 정도는 아니었는데 역시 지면에
얹히면 또 느낌이 다르더라고요.

조대한   그러셨군요. 저도 이 작품을 처음 봤을 때 분량도 분량
이지만 동그라미가 계속 똑같은 자리에 반복되니까,
뭐지? 인쇄가 잘못되었나, 하는 이상한 걱정도 살짝
했었어요. 물론 읽고 나니 다 의도하여 쓰신 작품이라
는 걸 금방 깨닫게 됐지만요. 너무 즐거운 독서 경험이
었습니다. 간략하게 근황을 여쭙고 시작하면 좋을 것

같아요. 최근에 여행을 잠시 다녀오신 것으로 알고 있
는데 어떠셨는지 말씀해주실 수 있을까요?

문보영 최근에 포르투갈에서 한 달 살이를 했어요. 제가 여행
을 좋아하는 사람이 아니라는 사실을 다시 한번 깨달
았어요.

조대한 예전에 시인님 브이로그에서 태국 가서 찍으신 영상
들 보면서 여행을 좋아하시는구나, 하는 생각을 했는
데 아니셨나 봐요. (웃음)

문보영 여행을 좋아하는 건 아니고 다른 나라에서 일상을 사
는 걸 좋아하는 것 같아요. 태국에서는 그만한 공간을
발견해서 가능했는데요, 포르투갈에서는 지속적으로
글을 쓸 수 있는 공간이 없었어요. 그래서 관광을 해야
했는데 힘들더라고요. 여행하면서 본 것들에 관해서
쓰거나 여행을 통해서 얻은 영감이 작품으로 이어지
지는 않았어요.

조대한 의도치 않게 관광지 위주의 투어를 하셨나 봅니다. 말
씀해주신 대로 주변 작가분들 중에서는 낯선 공간이
나 언어와 대면하기 위해 부러 그런 나라를 찾아다니

는 분들도 있는데 시인님은 그런 곳에서 영감을 받으시진 않는군요.

문보영 네, 저는 집 주변에 있는 것을 좋아해요. 집에 있는 건 별로 좋아하지 않지만 집에서 멀리 떨어지는 것도 좋아하지 않고, 집 주변을 어슬렁거리는 걸 좋아하는 사람이거든요.

조대한 도서관이랄지?

문보영 맞아요. 요즘에는 작업실을 구해서 출퇴근하듯이 다니고 있거든요. 매일 비슷한 하루를 보내되, 그 안에서 만들어가는 것들은 새롭기를 바라요.

조대한 그렇군요. 말씀하신 내용을 시로 연결 지어 이야기해볼 수 있겠다는 생각이 들어요. 이 작품에서도 어떤 공간이 일정한 루틴처럼 등장하니까요.
시인님은 이전에도 그림이나 도형들을 종종 활용하셨지만, 한 작품 내에서 텍스트를 침범하면서까지 반복하여 사용하는 것은 제가 기억하기론 그렇게 흔한 사례는 아닌 것 같아요. 어떻게 구상하시게 된 작품인가요?

문보영   이 시는 사실 저에게 연습용 시였어요. 친구들과 매주 하나씩 단어를 골라 그 주제어에 맞는 시를 쓰기로 했거든요. 첫 번째 주제어가 동그라미였어요. 그래서 일단 백지에 동그라미를 그렸어요. 동그라미를 그려놓고 보니 얘를 어떻게든 피하고 싶다는 감정이 생겼고, 이 동그라미를 마주치지 않고 페이지를 넘기는 방법이 뭐가 있을까, 이런저런 생각을 했어요.

조대한   작품 안에서 동그라미를 피하고 싶은 마음과 그래도 다가가야 한다는 마음이 묘하게 뒤섞여 있었는데 그게 시 쓰기의 과정과 외적으로 연결되어 있었던 거군요. 말씀을 들으니 더 재밌게 느껴집니다. 언급해주셨다시피 그곳에 다가가길 꺼리면서도 결국 다가가는 뉘앙스의 표현이라든가 내용들도 물론 있지만, 시의 형식 자체도 동그라미에 조금씩 가까워지거나 멀어지는 방식으로 구성되어 있는 것 같아요. 선정 과정에서도 그런 부분이 재미있다는 이야기를 해주셨거든요. 시의 첫 번째 소제목 '부족하다'를 보면 길 한가운데에 무언가가 있어서 그걸 피하고 싶었던 게오르크가 생각한 방법이 "여기까지만 쓰는 거였"지요. 한데 그다음 장의 소제목이 "어제보다 좀 더 갔다"이고 실제로 시의 길이도…….

문보영　2행 정도 더 썼죠. (웃음)

조대한　맞아요. (웃음) 내용에 맞추어 실제 텍스트가 동그라미에 다가가듯 행이 조금씩 늘어나더라고요. 처음엔 벚나무가 저 멀리 있었는데 나중에는 수염의 미묘한 결까지 느껴질 정도로 조금씩 그곳에 다가가고 있다는 느낌을 읽는 사람도 받게 됩니다. 뭐랄까 동그라미와 밀당을 하고 있는 듯한 기이한 긴장과 몰입을 하게 되더라고요. 이런 시의 길이나 형식에 대해서도 자연스럽게 이야기를 꺼내볼 수 있을 것 같아요. 이런 것들은 의도하셨던 바겠죠?

문보영　자세히 읽어주셔서 감사해요. 사실 당시 시를 안 쓰고 있는 상황이었어요. 그래서 쓰이든 안 쓰이든 그냥 써보자는 생각을 했어요. 첫 번째 시를 쓰고 그 시를 고친 게 두 번째 시가 된 식이었어요. 「지나가기」는 한 편의 시가 바뀌어가는 모습이라고 생각해요. 점프하는 모습을 슬로모션으로 찍어서 궤적을 남기는 촬영 기법 있잖아요. 두 번째 시를 썼을 때는 첫 번째 시가 사라져야 되는데 그 궤적을 남겨보고 싶었나 봐요. 그런데 다 쓰고 보니 서로 다른 것들이어서 각기 한 편의 시더라고요. 게오르크가 동그라미와 어떻게 사투했는지 다 쓰고 나서야 보였어요. 결국엔 그 궤적의 힘으로 동그라미를 덮쳐서 지나가게 되었어요.

조대한 아, 그렇군요. 처음 읽었을 때는 아무래도 일종의 내적 연작시처럼 느껴지니까 의미나 형식을 중심으로 해석하게 됐는데, 말씀을 듣고 보니 시 쓰는 과정의 흔적이랄지 잔상의 연속체로서 새롭게 읽히는 부분이 있는 것 같아요. 너무 좋네요.

이 동그라미에 대해서 조금 더 이야기해보고 싶어요. 네 번째 장의 "저기에 공이 있는데/닿으면 죽어" 같은 문장을 보면 그것은 '공'인 듯싶기도 하고, 낙타가 사막을 통과하는 부분에서는 데저트 맵이 연상되는 '사막'의 공간 같다는 생각이 들기도 해요. 혹은 그 사막 안에 있는 벚나무 숲이나 오아시스를 연상케 하기도 하고요. 또 사막 정면에 떠 있는 '해', 친구들이 함께 등장하는 '원탁', 연필 끄트머리에 달린 동그란 주황색 '지우개' 등 수많은 형태로 그 동그라미의 정체를 상상하게 돼요. 여기서는 이 작품에 집중해야 하니 길게 이야기는 못 하겠지만 문보영 시인님의 시집 『배틀그라운드』(현대문학, 2019)를 보면 '원'이 또 유독 특별한 공간으로 그려지잖아요. 나중에 연결해서 함께 이야기해봐도 재밌겠다는 생각을 했어요. 어쨌든 굉장히 다양한 시적 상상물들이 재현되어 있는 것 같아요. 물론 저희가 시인님이 직접 풀어주는 시어의 의미나 납작한 하나의 해답을 이야기하고자 하는 건 절대 아니고요. 이 동그라미에 대해서 혹은 그와 관련된 여러 상상물들에 대해서 이런저런 말씀을 들어보고 싶습니다.

문보영　『배틀그라운드』에 이 시를 넣으면 좋겠다는 생각이 드네요. 그 동그라미와 연결해보진 못했는데 말씀을 듣고 보니 잘 어울린다는 생각이 들어요. 『배틀그라운드』에서도 원이 악마 같은 존재이면서도 계속 생존하게 만드는 존재이거든요.

조대한　네, 맞습니다.

문보영　사실 저도 원이 뭔지 잘 모르겠어요. 도형은 표정이 없잖아요. 원이 아무 표정이 없다는 게 재미있어요. 그게 도형이 주는 재미와 감정인 것 같거든요. 이따금 텍스트가 있어야 할 자리에 그림이 그려져 있거나 도형이 그려져 있으면 그만큼 글을 안 읽어도 되니까 좋고요. 책장을 빨리 넘길 수 있잖아요.

조대한　아, 그런 장점이 있지요. (웃음)

문보영 동그라미는 아마 피하고 싶은 무엇이면서…… 동시에 뭘까요?

조대한 그러게요. 무얼까요. 많은 시적 대상들이 담겨 있어서 그런 추측과 상상을 하는 것만으로도 무척 즐거웠던 것 같아요. 도형의 표정을 저는 한 번도 생각해본 적이 없었던 것 같은데 와중에 그런 말씀을 해주시니까 문득 궁금하네요. 동그라미가 무표정이라면 삼각형과 네모는 어떤 표정의 얼굴을 하고 있을까요. 좀 다른 인상일 것 같긴 한데요.

문보영 그렇죠. 맞아요.

조대한 작년 겨울의 시소 좌담에서 제가 시인님의 「옆구리 극장」(『현대문학』 2021년 8월호)이라는 작품을 추천한 적이 있었거든요. 이제 와서 하는 말이지만 선정되지 못해 한 명의 팬으로서 조금 슬프고 억울한 마음이었어요. (웃음) 오늘 다루는 작품이 이 계절의 시가 됐지만요. 어쨌든 그 시에서도 조형도와 그림 같은 것들이 읽는 사람의 상상을 제한하는 게 아니라 또 다른 재미를 불러일으켰던 것 같아요. 말씀대로 텍스트가 있어야 할 자리에 그림이 놓여 있음으로 해서 활자만 단독으로 있

을 때는 느끼지 못했던 어떤 감각들을 생성해낸다고
할까요. 저는 무척 재밌었습니다.

문보영 「옆구리 극장」을 재미있게 읽어주셔서 정말 감사해요.
저는 꿈을 많이 꾸는 편인데 「옆구리 극장」도 꿈에서
시작했어요. 공간의 구조나 어떤 건물 설계도, 조감도
같은 것들에 흥미를 느끼는데요. 공간의 구조를 보는
시선은 그 공간에 속하지 않은 사람의 시선이잖아요.
어쩌면 죽은 사람의 시점 혹은 공간 바깥에 있는 사람
의 시점이기도 하고요. 그래서 꿈의 공간을 인지할 때
저는 꿈을 꾸면서 동시에 꿈 바깥에 있는 것 같아요.
현실에 있는 것도 아니니 꿈과 현실 사이의 문지방 같
은 데에 서 있는 건데 그런 어중간함이 좋아요. 그런 감
정을 시에서도 느끼고 싶었어요.

조대한 아, 말씀을 듣고 보니 기억이 나요. 저도 지금 꿈과 현
실이 혼재되어 있는 느낌이라 그 작품이 시였는지 에
세이였는지 살짝 헷갈리긴 하지만, 꿈에서 본 방의 조
감도와 공간의 순서 같은 것들이 인상 깊게 그려진 시
인님의 작품이 기억납니다. 꿈과 현실 사이 문지방의
어중간함이라니…… 너무 좋네요. 그런 낯선 감각을
함께 경험해볼 수 있어서요.

문보영 감사합니다. (웃음)

조대한 지금껏 동그라미 이야기를 쭉 해왔는데 이번에는 시에 등장하는 인물의 심정 변화 같은 것들을 이야기해보고 싶어요. 처음엔 동그라미 혹은 벚나무에 다가가길 두려워하고 꺼리던 게오르크가 나중에는 "벚나무에게로 가고 싶다"는 말을 하잖아요. 자꾸 반복해서 만나니까 그것을 미워하기까지 하고요. 어디선가 들었는데 인간의 마음이 부정태의 방식으로는 그 대상을 지울 수 없다고 하더라고요. 마치 누군가를 지우고 소거하려 할수록 그의 실루엣이 더 크게 떠오르는 것처럼요. 이 시에서도 그런 표현이 있었어요. "아무것도 보고 싶지 않아서 눈을 감지만/너는 눈꺼풀 뒤를 보고 있다" 망막 뒤에 들러붙는 잔상이라고 해야 할까요. 관련하여 제가 가장 인상 깊게 읽었던 구절 중 하나는 지우개가 나왔던 부분, 거기가 너무 좋았어요. 지워야 할 문장들과 멀어지고 싶은 존재들을 애써 닦아내보지만 연필 끝에 달린 주황색 지우개는 오히려 그 부정의 방식으로 어떤 얼룩과 흔적을 남기잖아요. 달달 외우려 했던 내용은 반대로 까먹게 되고요. 지우개를 포함하여 이런 마음에 대해서도 이야기해볼 수 있을 것 같아요.

인터뷰 _ 문보영 × 조대한

문보영 연필 뒤에 달려 있는 지우개는 잘 안 지워지는 경우가 많잖아요.

조대한 맞아요. 왜 있는지 사실 잘 모르겠는 경우가 많아요. (웃음)

문보영 미관을 위해서 있는 경우가 많은데, 저는 그걸 꼭 쓰는 편이거든요.

조대한 아, 그러시군요. 저는 아까워서 잘 못 쓰겠더라고요.

문보영 그 지우개로 글을 지우려고 하면 번질 뿐만 아니라 지우개의 색깔까지 묻어나면서 돌이킬 수 없게 돼요. 지우개의 입장에서는 본인의 소임을 다한 거고 이 정도면 다 지워준 거다, 이게 지우는 거다, 라고 할 수도 있겠죠. 뭔가를 지우려면 일단 지나가야 하잖아요? 기억도 여러 번 다시 지나가면서 지워질 텐데, 주황색 지우개처럼 결국엔 얼룩을 남겨요. 뭔가 깨끗하게 지워지는 것보다 좀 엉망진창으로 지워지는 게 기억의 모습인 것 같아요. 그래서 게오르크의 경우에도, 뭔가를 잊고 싶어 하지만 잊는 과정에서 긁어 부스럼으로 더 많은 것을 기억하게 되는 거죠. 가만히 두었을 때보다 더

망하게 되는…….

조대한 그렇군요. 말씀을 듣고 보니까 이 작품에 등장하는 인물 중 자리를 비웠던 친구 한 명이 생각나요. 그 친구는 이미 지나간 뒤에야, 빈자리에 떨어뜨리고 간 지갑의 형태로 남았을 때에야 사람들의 마음에 더 큰 존재의 체적을 남겼던 것 같아요. 지워도 자꾸만 생겨나는 이 마음의 작동 방식을 좀 더 적극적으로 활용할 수도 있겠다는 생각도 들어요. 이 작품에도 아이들이 이불 안으로 들어가서 자신들의 모습을 지울 때 느끼는 즐거움 같은 것들이 그려져 있기도 하고, '미래'에 대한 이야기도 자주 언급되는데 이 또한 보이지 않는 것이 일방적으로 선사하는 기대감의 일종이기도 하니까요. 음, '천사'가 등장해서 그럴까요? 좌담에서도 잠깐 언급했지만 저는 이 시의 접근 방식이 신을 상상하는 것과도 겹쳐 읽히더라고요. 다소 재미없는 이야기일 수도 있지만 우리가 신을 상상할 때 부정신학의 설명을 자주 가져오잖아요. 신이라는 존재가 인간의 유한한 인식으로는 정확히 표현하거나 그려낼 수 없는 존재이니까 인간의 특성을 지우는 부정의 방식을 통해 거꾸로 그 모습을 드러낼 수 있다는 거예요. 늙고 병들고 불완전하고 무지한 우리와 달리 불멸, 완전, 전지전능

인터뷰 _ 문보영 × 조대한

함을 가진 그런 존재로요. 이 작품에 나오는 사막 위의 해처럼 정면으로 쳐다본다 한들 정확히 그려낼 수는 없는, 결국 감은 눈의 잔상과 그림자로만 그 테두리를 그리게 되는, 그런 존재에 대한 상상이요.

문보영   오, 부정신학 이야기 너무 좋네요.

조대한   일전에 문보영 시인님의 작품에 등장하는 '신'으로 이런저런 넋두리를 쓰다가 멈췄던 적이 있었는데 그래서 그런지 이런 주제로 이야기를 나눠 봐도 재밌겠다는 생각이 들었습니다.

문보영   천사 이야기를 하시니 그렇게 읽을 수 있겠다는 생각이 드네요. 음, 제 첫 번째 시집에 신이 많이 나오는데 정말 '신'이라는 주제에 관심이 있었다기보다 어떤 관념의 기묘한 모습이나 엉뚱한 면 혹은 또 다른 캐릭터가 보일 때 좀 관심이 가요. 하루는 카페에서 음료를 마시다가 화장실을 가는데 앞에 나무가 있는 거예요. 그 나무에 천사 모형이 달려 있었어요. 햇살이 좋은 날이어서 천사도 환했고요. 그런데 천사가 어떻게 나무에 매달려 있는지 궁금한 거예요. 가까이 가서 봤더니 목이 철사로 감겨 있더라고요.

조대한   시에도 그렇게 묘사되어 있더라고요.

문보영   멀리서 봤을 때는 천사가 날고 있는 것처럼 보였는데 알고 보니 목을 매달고 있는 거예요. 기묘하다는 생각이 들어서 쓰게 되었어요.

조대한   와, 철사로 목을 매단 천사를 직접 목격하셨다니……. 그 장면을 말씀하시니 매달려 있는 천사를 바라볼 때 비추는 햇빛을 "햇볕의 고질적인 친절"이라고 표현하신 부분이 기억나요. 멀리서 언뜻 보았던 무언가를 가까이 다가가서 자세히 살폈을 때 오는 감정의 낙차 같은 것들이 있을 텐데, 빛과 함께 너절하게 드러나곤 하는 그 실망감을 저렇게 멋지게도 표현할 수 있구나 하고 감탄하면서 읽었던 기억이 납니다. 그 장면이 그런 경험에서 시작되었군요. 말씀하신 엉뚱한 장면이라면 거대한 오리털 파카를 입고 있는 모습으로 신을 묘사하셨던 작품이 문득 떠오르기도 하네요. 이와 관련하여 보다 확장된 이야기를 해볼 수도 있겠지만 이번에는 저희가 이 시에 조금 더 집중해야 하니까요.

빼놓을 수 없는 것 중 하나가 제목인데요. 등장인물들의 감정에 치중한다면 이 시는 피하기, 꺼리기, 다가가기 쪽에 가까운 듯한데 정작 표제는 '지나가기'예요.

                                                 인터뷰_문보영 × 조대한

결말에 가까운 마지막 장의 기다란 시가 머뭇머뭇 다가가고 멀어지던 동그라미를 아무렇지 않게 텍스트에 겹쳐놓고 지나가버렸다는 점도 흥미롭고요.

제가 특히나 재밌었던 건 그 동그라미를 횡단한 이후 발견하게 된 '나'의 태도 같은 것들이었어요. '부족하기 지나가기' 장에 이런 내용이 있어요. 성큼성큼 다가간 벚나무에 꽃들이 달랑달랑 매달려 있고, 아까 언급되었던 천사처럼 정작 가까이서 다가가서 보니 이 벚꽃이 피려는 건지 떨어지려는 건지 알 수가 없고, 그렇게 보려던 벚나무를 보고도 이게 벚나무인지 아닌지도 모르겠고 그런데 무슨 벚나무 타령이냐, 누가 나무를 참 희한하게도 꾸며놨다. (웃음) 이 부분에서 저는 혼자서 괜히 웃음이 터졌어요. 감탄하면서 한 줄 한 줄 진지하게 읽고 있었는데 그런 진지한 독서를 아무렇지 않게 중단시켰다고 할까요? 가벼워졌다기보다는 감각을 다른 층위로 옮겨 보내는 쪽에 가까운 것 같아요.

이 마지막 장도 이전까지는 게오르크에 집중되어 있던 이야기를 발화자인 '나'의 이야기로 교차하며 감각을 새로이 전환시키는 느낌이었거든요. 한데 막상 그것들이 따로 노는 게 아니라 나중에 등장한 서술들이 이전에 누적되었던 시적인 사유와 장면들을 재차 환기하게 만드는 듯싶어요. 주관적인 선호와 감정의 이유를 설명하는 것이 쉽지는 않지만 독자로서 문보영 시인님의 작품을 좋아하는 이유 중 하나가 바로 이런 매력 때문이 아닐까 생각해봅니다. 정돈된 글이 아니라서 이걸 하나의 스타일이라고 말하기는 조금 조심스럽네요.

문보영 이 시는 제가 평소에 쓰는 스타일보다는 진지하게 쓰긴 했어요. 웃음 포인트를 찾으셨다니 정말 기뻐요. 시를 읽고 웃었다는 반응을 늘 기대하거든요. 당시 제 눈에는 벚나무가 피는 모습과 떨어지는 모습이 비슷해 보였나 봐요. 그런데 그게 왜 웃겼을까요? (웃음)

조대한 벚나무와 꽃 그 자체가 웃겼다기보다는 그것들을 대하는 이 화자의 말투와 심정을 상상하니 괜히 웃음이 나왔어요. 잘 알지도 못하면서 벚나무 타령을 그렇게 했냐, 그런데 참 희한하게 꾸며놨다, (웃음) 이렇게 툭 내뱉은 이상한 한탄처럼 들려 유쾌했어요. 한데 평소에 시어를 다듬고 직조하실 때 읽는 분들이 웃어줬으면 좋겠다고 바라며 쓰시기도 하는군요.

문보영 네, 실패하지만요.

조대한 그 바람과 실패 사이의 갭이 더 재밌는 것 같아요. (웃음) 제가 제일 기억에 남았던 문장들에 대해 말씀드렸는데 시인님께도 비슷한 부탁을 드려보고 싶어요. 물론 열 손가락 깨물어 안 아픈 손가락이 없겠지만 그래도 조금 더 마음에 드신다든가 혹은 독자분들에게 들려드리고 싶은 대목이 있으시다면 낭독을 청해보려 합니다. 저희가 인터뷰를 하면서 낭독을 부탁드릴 때 시는 분량이 상대적으로 적다보니 이전까지는 보통 전문 낭독을 해주셨거든요. 한데 이 시는『자음과모음』지면 기준으로 열두 페이지에 걸쳐 실려 있는 작품이라 이걸 다 낭독하는 것은 물리적으로 어려울 듯싶네요. 부분 낭독을 부탁드려도 될까요?

문보영 일단 작품을 찾아보겠습니다.

조대한 네, 천천히 찾아봐주세요. 사족입니다만 동그라미와 텍스트를 겹치는 건 어떻게 하셨던 건가요? 한글로도 가능한가요?

문보영 그럼요. 도형을 클릭하고 텍스트 뒤로 가기를 설정하면 됩니다.

조대한   아, 그렇군요. 생각해보니 한글에 서명을 넣을 때도 그런 식으로 하지요.

문보영   (웃음) 맞아요. 음, 마지막 부분 읽어도 좋을 것 같아요.

조대한   네, 편하게 읽어주십시오.

문보영   읽어보겠습니다.

（……）누가 나무를 희한하게 꾸며놨다 흰 점토로 만든 나팔을 불며 날아가는 하얀 천사 모형이 나무에 붙어 있고 붙어 있는 건지 날아가는 건지 빛이 정면으로 아기 천사를 비춘다 천사의 피부 매끈하지 않고 울퉁불퉁한 까닭에 어둡고 밝은 부분이 선명하다 햇볕의 고질적인 친절이 나타나는 방식 누군가 숨어서 묵은 피로를 풀고 있다 허공에 떠 있는 천사는 발끝으로 서 있는 건 아니나 발끝에 힘이 안 들어가는 것도 아니다 그도 나름의 방식으로 피로를 풀고 있는 것일 텐데 어떻게 나무에 붙어 있나 하는 생각이 천사의 뒤를 보게 한다 얇은 철사가 천사의 목을 한 번 감고서 나뭇가지에 감겨 있다 나팔을 불며 날아가는 천사는 목을 매달고 있던 것인데 날아가는 것이나 목을 매는 것이나 붙어 있는 것이나 그리워하는 것이나 다르지 않거나 달라

도 다를 게 없다는 게 친절함이다

    얇은 나뭇가지에는 파란색 비닐로 된 줄이 달려 있다
    그게 왜 거기 있는지 몰라도 되는 그 이유로 나를 몰라도
된다
    어쩌면 다들 시간이 없어서 그러는지도 몰라

조대한   (박수) 와, 감사합니다. 매번 느끼는 거지만 텍스트로만
되어 있는 활자를 혼자 묵독으로 읽는 것과 시인님이
직접 읽어주시는 것은 확실히 질감이 조금 다른 것 같
아요. 제가 생각했던 문장들과는 호흡도 강도도 사뭇
달라서 낯설게 느껴져요. 이 대목을 택하신 이유를 들
어볼 수 있을까요?

문보영   사실은 마지막 문장을 읽고 싶었던 것 같아요. "어쩌
면 다들 시간이 없어서 그러는지도 몰라"라는 부분인
데요. 게오르크가 겪고 있는 어떤 갈등, 예를 들면 사
람들의 사이가 자연스럽게 멀어지는 거나 아니면 피
하고 싶은 게 있다거나 그런 것들이요, 그 외에도 세상
의 많은 문제들이 사실은 누군가에게 악의가 있어서
라기보다는 시간이 없고 서로 만날 시간이 많지 않기
때문에 일어나는 건 아닐까, 라는 생각이 들었어요. 천

사가 나는 대신 나무에 매달려 있는 것도 시간이 없어서 그런 게 아닐까…….

조대한 그렇군요. 아무래도 동그라미 때문에 공간에 보다 초점을 맞추어 시를 읽었는데 우연한 시간의 거리감에 대한 말씀을 듣고 보니 이 작품으로 시간과 관련된 이야기를 더 해볼 수도 있겠구나, 라는 생각이 들어서 너무 좋습니다. '미래'에 대한 언급도 그렇고 '지나가기'라는 제목도 그렇고 이미 시 속에 그런 가능성들이 다 녹아 있었는데 이야기를 나누다 보니 새삼 깨닫게 되네요. 저희가 시작한 지 얼마 지나지 않은 것 같은데 어느새 벌써 종료 예정 시간이 다가오고 있어요. 끝나가니 아쉽기는 하지만 마무리를 해나간다는 느낌으로 다른 질문을 드려보겠습니다. 이 시가 『배틀그라운드』 시집에 실렸으면 좋았겠다, 라는 말씀을 해주시기도 했는데요. 「지나가기」가 워낙 특색이 뚜렷한 작품이라 이후에 어떤 시집에 함께 묶이게 될지 궁금합니다. 다음 시집에 대한 구상이 있으시면 살짝 여쭤봐도 될까요?

문보영 제가 사실은 너무 많은 일들을 벌여놔서 시에 집중을 못 했어요, 몇 년 동안. 한편으로 시집의 완성된 모습을 구상해야만 시작할 수 있다는 강박이 있었어요. 사실 『책기둥』(민음사, 2017)을 쓸 때는 어떤 구상도 없이 썼고, 쓰다 보니 흐름이 생겼고, 제가 도서관을 좋아한다는 사실도 시집을 다 쓰고 나서야 알게 되었어요. 시를 쓸 때 항상 엑스 표를 세 개 했거든요. 신에 대해서 쓰지 말자, 도서관에서 쓰지 말자, 그리고 길게 쓰지 말자, 였어요. 그런데 결국 이 세 가지 다짐이 모두 실패하는 방식으로 시집이 묶였어요. 청개구리처럼 썼던 것 같은데 결국에 다 쓰고 나니까 제가 그것들에 대해서 하고 싶은 말이 있었다는 걸 알게 되었어요. 『배틀그라운드』는 콘셉트가 뚜렷한 시집이었고 그 콘셉트를 머릿속에 구상하고 시작했거든요. 세 번째 시집을 쓸 때도 시집의 완성된 형태가 머릿속에 있으면 했는데요, 그게 없으니까 시를 써도 민들레 홀씨처럼 날아가버리는 것만 같았어요. 그런데 그게 저의 환상이었다는 생각이 들어요. 다 알고 쓸 수는 없잖아요. 「지나가기」도 전체 구상을 좀 허물고 한 편 한 편씩 그냥 쓰다 보면 뭐가 되겠지라는 생각으로 시동을 걸며 썼습니다.

조대한　저희가 도서관, 신에 대해 이야길 했고 또 이 시는 열두 페이지 분량의 긴 작품인데 정작 시를 쓰실 때 그 모두를 하지 말아야겠다고 생각하셨다는 게 재밌네요. 독자로서도 콘셉트가 뚜렷한 시집은 하나의 소세계로서 무척이나 매력 있지만, 낱낱의 시편들로 흩어진 듯한 시집 속에서 무언가를 적극적으로 찾아 읽어내는 재미 또한 크니까 부담 없이 묶어주셨으면 좋겠습니다. 세 번째 시집을 기다리는 팬들이 무척 많을 테니까요. 이런 말이 더 부담되시려나요. (웃음) 「지나가기」의 내용처럼 한 줄씩 쓰다 보면 분명 멋진 작품들이 획 모여 있을 거예요.

문보영　감사합니다.

조대한　그럼 아직 구체적인 출간 계획은 없으신 거군요.

문보영　네, 빨리 써서 보내드려야 하는데…… 하반기에는 좀 열심히 써보겠습니다.

조대한　워낙 바쁘시잖아요. 시 쓰는 일 말고 다른 활동도 많이 하시는 것으로 알고 있어요. 에세이도 내셨고 소설책도 내셨고, 최근에는 그 소설을 원작으로 그래픽 노블을 만드셨다는 말씀도 들었어요. DJ로도 활동하시고요. 다방면으로 활동하고 계시니 앞으로의 계획을 여쭈어보기도 조심스럽네요. 최근에 푹 빠져 있는 취미나 가장 열심히 하고 있는 활동을 여쭤보면 그래도 조금 대답하시기 편하실까요?

문보영 제가 요즘 빠져 있는 건 카프카의 시집을 만드는 거예요.

조대한 카프카의 시집이요? 새로운 문학사를 쓰시려는 기획인가요?

문보영 물론 출판될 수도 없고 누가 저한테 부탁한 것도 아니지만 저 혼자 보려고 카프카의 시집을 엮고 있어요. 카프카의 소설도 그렇고 일기의 어떤 부분을 잘라서 발췌하면 영락없는 산문시더라고요. 산문시를 이렇게 많이 써놓고 본인은 몰랐던 거죠. 요즘에는 카프카의 두꺼운 일기를 아무 데나 펴놓고 읽으면서, '여기서부터 여기까지를 떼어내면 시가 될 것 같다' 싶은 부분에 표시해요. 유물 발굴하는 것처럼요. 그렇게 제멋대로 일기에서 시를 발굴하고 제목을 붙여요. 그런데 신기하게도 그 시에 걸맞은 제목을 꼭 두세 페이지 넘기면 찾게 돼요. 다른 날의 일기에서 시의 제목을 발견하는 거예요. 그렇게 혼자 남의 시에 제목 붙이며 뿌듯해합니다. 그 시들의 순서를 정리해서 4부로 구성해보고 있어요. 남의 작품을 마음대로 훼손하며…… 마치 제가 카프카의 유령 편집자가 된 것처럼요.

조대한 와, 너무 재밌을 것 같은데요. 저도 카프카의 소설뿐만 아니라 여러 출판사에서 출간된 기타 산문이나 편지들을 찾아 읽었던 기억이 있는데, 그걸 시라고 생각한 적은 없었던 것 같아요. 시적인 문장들이라고 느꼈던 적은 많지만요. 그 문장 일부를 발췌해서 거기에 표제를 붙이고 시라는 형식 안에 집어넣었을 때 그 텍스트들은 분명 산문 안에 있을 때와는 또 달리 읽힐 것 같아요. 특히나 카프카의 일기를 대상으로 한다는 점에서 시인님이 천착해온 시와 일기 교차 작업의 연장선상에 놓여 있기도 하네요. 정말로 기대됩니다. 꼭 출간해서 저희도 읽게 해주세요.

문보영 불가능하지 않을까요. 남의 시를 제멋대로 가공하는 건데. (웃음)

조대한 다른 곳에서 탐을 내지 않으시면 자음과모음 편집부에 말씀드려서 추진해보겠습니다. 제목만 붙이고 시인님이 따로 첨언하거나 가공하는 작업은 하지 않으시는 건가요?

문보영 좋게 봐주셔서 감사해요. 따로 문장을 덧붙이거나 고치지는 않고 카프카가 쓴 문장을 그대로 발췌해서 산문시집이라는 구상 속에서 엮고 있어요. 음, 기억나는 텍스트가 있어요. 옆집 남자가 매일 저녁 같은 시각에 카프카와 싸우러 와요. 몸싸움을 하려고요. 카프카는 언제부터인가 옆집 남자의 방문을 은근히 기대해요. 그래서 그 시간만 되면, 바로 멈출 수 있는 작업만 하면서 그 사람을 기다려요. 그 사람이 오면 아무 이유도 없이 갑자기 몸싸움을 하다가 헤어져요. 당연히 거짓말이죠. 또 어느 날은 카프카의 등에 칼이 꽂혀요. 친구들이 그 칼을 빼주는데요, 카프카는 꿈속에서 만난 어떤 기사가 자신의 등에 칼을 꽂았다고 말해요. 이것도 거짓말이죠……. 그런 식의 일기가 많아요. 일기에서 시작했을지 몰라도 결국엔 일기가 아니게 되고, 그걸 그냥 내버려두는 텍스트.

조대한 재밌는 에피소드를 추려서 말씀해주신 거겠지만 한 편의 시를 전해 듣는 것 같은 느낌이 들어요. 지속해오셨던 일기와 시, 현실과 꿈의 혼재 작업과도 굉장히 잘 어울리겠다는 생각이 듭니다. 오늘부터 기다리고 있겠습니다.

문보영 카프카가 허락해준다면요.

조대한 원문 저작권은 다 만료가 되지 않았을까요? 편곡이라고 생각하시면 되죠.

문보영 오, 편곡.

조대한 네, 그런 느낌으로 해주시면 좋지 않을까요. 재배치와 변주 작업 또한 창작인 거니까요. 편곡자 문보영, 이런 식으로. (웃음)

문보영 혼날 것 같은데. (웃음)

조대한 앗, 무슨 말씀이세요. 다들 너무 좋아해주실 것 같아요. 그럼 오늘의 인터뷰는 이 정도에서 정리를 해보도록 할게요. 오늘 함께해주신 간단한 소감이나 독자분들에게 전하는 인사를 마지막으로 부탁드리겠습니다.

문보영 시에 관해서 이렇게 자세하게 한 구절 한 구절 이야기한 게 되게 오랜만이었어요. 그래서 오히려 상담받은 듯한 느낌이 들어요.

조대한 상담이요?

문보영 덕분에 요즘에 제가 어떤 상태인지 알게 되었고 오랜만에 시에 관해서 자세히 얘기를 나누어서 좋았어요. 역시 시래기, 아니 시 얘기가 제일 재밌어요.

조대한 (웃음) 저희야말로 시인님과 도란도란 대화를 나누다 보니 작품이 더 풍부해지고 텍스트만 읽을 때와는 또 다른 재미를 느낄 수 있어서 실로 기쁘고 벅찬 시간이 었습니다. 그러면 이쯤에서 마무리 인사를 해볼까요. 앞으로도 시인님이 하시는 여러 가지 활동들을 한 명의 팬이자 독자로서 응원하고 있겠습니다. 카프카 시집을 포함해서요. 오늘 함께해주셔서 정말로 감사합니다.

문보영 감사합니다.

조대한
문학평론가

가을

가을

소설

전예진
2019년 한국일보 신춘문예를 통해 소설을 발표하기 시작했다. 소설집 『어느 날 거위가』가 있다.

베란다로 들어온

간밤에 눈이 내렸다. 베란다 앞 산책로와 벽돌담, 담 위로 뻗은 목련 가지에 눈이 덮였다.

어디서 왔을까. 채원이 중얼거렸다.

뭐가?

채원이 창 아래 화단을 내려다봤다. 마른 풀 사이로 동그란 발가락 다섯 개와 발바닥 자국이 보였다. 나는 맨발로 베란다를 마주 보고 선 사람의 형상을 떠올렸다. 거실을 돌아보고 베란다 좌우를 살폈다. 베란다 방범창은 꺾이거나 부러진 곳 없이 단단해 보였다.

저기서부터 걸어왔나 봐. 채원이 벽돌담을 가리켰다.

뒷걸음질 친 발자국은 벽돌담에서 끊겼다. 마치 담을 그대로 통과해 베란다로 걸어온 듯이.

누구야. 남의 집 앞에. 베란다 창을 열어 좌우를 살폈다. 사람이라고는 보이지 않았다.

집을 볼 때 부동산 중개인은 아파트 구석에 위치해 담벼락을 마주 보는 이 집이 으슥하다고 말했다. 그래서 싸게 내놔도 팔리지 않는다고. 그 말을 하고 그는 입을 가렸지만, 채원과 나는 오히려 그 점이 좋았다. 고립된 공간이 필요했다. 사람들이 우릴 보지 못하고 우리도 밖을 볼 수 없는 공간이.

애들이 장난쳤나. 채원이 말했다.

장난치고는 좀.

채원이 웃으며 나를 돌아봤다. 무서워?

무섭긴, 이상하지.

기지개를 켜고 커피를 내리러 갔다. 작년 겨울부터 종종 이상한 일이 일어났다. 아무도 없는데 목소리가 들렸고, 잠결에 눈을 뜨면 장롱 위 엎드린 얼굴들이 보였다. 채원은 보이지 않던 게 보인다고 했다. 우리는 어디선가 읽은 이야기들, 이를테면 혼수상태에서 깨어난 뒤 눈앞에 색채가 보인다는 사람과 수영장 바닥에 머리를 부딪친 뒤 수학적 능력을 얻은 사람을 기억해냈다. 죽을 위기를 겪은 사람은 때로 새로운 능력을 얻는 모양이었다.

한 바퀴 걷자. 채원이 베란다에 서서 말했다.

집에서 보내는 시간이 길어질수록 그녀는 갑갑해했다. 일을 끝내고 저녁을 먹고 나면 함께 산책하기를 바랐다.

주말엔 좀 쉬고 싶어.

눈이 왔는데?

나는 그녀에게 웃어 보이고 안방으로 들어갔다. 어제 찾은 기사를 갈무리해야 한다는 생각에 초조했다. 취미보다는 매일 하는 의식에 가까웠다. 처음 스크랩을 한 고등학생 때는 그날 일어난 역사적 사건을 소개하는 연재 기사를 오려 모았다. 연재가 끝난 뒤에는 그날과 같은 날짜에 일어난 과거 사건을 다룬 인터넷 기사를 정리하기 시작했다. 작년 겨울을 제외하고는 하루도 거르지 않았다.

창문 앞 책상에 앉아 지난밤 발견한 기사를 다시 읽었다. 14년 전 일어난 '사리3동 아파트 시위'를 다룬 기사였다. 기사를 요약해 파일에 옮겨 적으면서 거실의 소리에 귀 기울였다. 외투를 입는 소리가 들리는 것 같았다. 그대로 밖으로 나가려나. 타자를 멈추고 문을 돌아봤다. 채원의 기척이 들렸다.

채원이 방으로 들어왔다. 기다렸다는 듯 돌아앉는 나를 보고 그녀가 웃었다.

들어봐. 내 말에 채원이 침대 발치에 앉았다.

그녀는 내가 해주는 이야기를 좋아했다. 두 번째 데이트 날 인왕산을 오를 때 들려준 이탈리아 사람의 설산 생존기 같은 이야기를 몇 년이 지나도록 기억해 나를 놀라게 했다. 그때 나는 머리를 고쳐 묶고 목에 흐르는 땀을 닦느라 바쁜 그녀에게 한쪽만 남은 스키를 타고 설산을 내려온 이탈리아 사람의 이야기를 들려주었다. 더위가 좀 가시나요? 나중에 그녀는 평소라면 그 질문에 화를 냈을 거라고 말했다. 눈 내린 산을 떠올린다고 더위가 사라지진 않으니까. 그렇지만 산을 오르느라 얼굴이 벌게진 남자가 숨을 몰아쉬며 건네는 이야기에 그렇게 대답하기는 어려웠다고 말했다. 두 번째 데이트이기도 했고. 나는 그녀가 그렇게 말하며 짓

전예진. 베란다로 들어온

는 얼굴이 좋았다. 짐짓 눈살을 찌푸리며 웃음을 참는 얼굴이.

그녀에게 사리3동 시위 기사를 간추려 읽어주었다.

그게 그렇게 재미있어? 채원이 물었다.

재미보다는 마음이 놓이지. 내가 대답했다. 힘들고 복잡한 일
도 결국 지나간다는 게.

채원이 눈을 흘기며 웃었다.

갔다 올게. 그녀가 외투를 들고 방을 나갔다.

일부러 복잡한 사건을 골랐는데도 갈무리는 금세 끝났다. 출
출해 물을 올렸다. 라면 봉지를 뜯는데 채원이 돌아왔다. 동 입구
앞에 잠깐 나갔다 들어왔다는데 머리와 외투에 온통 눈이 붙어
있었다. 그녀가 회색 털장갑을 낀 손을 들어올렸다. 세모난 눈 뭉
치가 들려 있었다.

자기도 먹을래? 내가 물었다.

그녀가 고개를 저었다.

뭐야?

오리 모양으로 만들려다 실패했어.

싱크대에 놓인 눈 뭉치를 다시 확인했다. 가만 보니 끝이 조금
둥근 것도 같았다.

그거 알아? 그녀가 물었다. 사리3동이 무곡동이래.

무곡동? 여기 앞에?

가스레인지에서 경고음이 울렸다. 냄비를 드니 가스 불이 꺼져
있었다. 불을 켜자 물은 금방 다시 끓었다. 면과 스프를 넣었다.

붉은 거품이 올라왔다.

어, 녹았다. 채원이 말했다.

웅?

그새 녹았어.

그녀가 싱크대를 내려다봤다.

*

'사리3동 아파트 시위' 기사 스크랩(2008년)

장 모 양 외 18인이 사리3동에서 재건축을 앞둔 아파트를 점거해 불법 시위를 벌였다. 그들은 전기와 수도가 끊긴 빈 아파트에서 2주가 조금 넘게 생활했다. 불법 시위 혐의 등으로 경찰에 붙잡힌 장 모 양에 따르면 그들은 인터넷 사이트를 통해 서로의 생활을 공유하며 빠르게 친목을 쌓았다.

시위 참가자들은 도시화와 양극화를 부추기는 사회를 비판하고 과거로 돌아갈 것을 주장했다. 버려진 가구와 벽돌을 쌓아 만든 바리케이드에 이들이 붙인 선언문은 다음과 같다.

우리는 이곳에 모여 새로운 주거 형태를 이룬다. 서로를 나누고 고립시키는 대신 다양한 삶의 형태를 교류하는 공동체로 살아간다. 우리는 뿌리 내릴 곳을, 안정감이 드는 삶을 원한다……

거실 탁자에 라면을 놓고 젓가락을 드는데 베란다에서 시선이 느껴졌다. 창가에 낀 얼룩이 보였다. 산책로에 발자국 수십 개가 찍혔다 사라졌다.

저게 뭐야.

채원이 소파에서 일어섰다. 의미가 불분명한 작은 소리가 들렸다. 창밖에 엎드린 누군가 장난을 치는 것 같았다.

내가 가볼게. 채원이 베란다로 걸어갔다.

미쳤어? 젓가락을 놓았지만, 채원이 한 걸음 더 빨랐다. 가까운 사람을 떠나보낸 이는 연이은 스트레스로 무모한 행동을 하기도 한다. 언젠가 읽은 글이 생각났다. 나는 출처도 기억나지 않는 글 대신, 끝이 갈라진 그녀의 머리카락이나 터덜거리는 걸음걸이에 집중하려 애썼다. 그녀가 베란다 창문에 이마를 대고 화단을 내려다봤다.

안녕. 그녀가 말했다. 너 좀 무섭게 생겼다.

채원보다 머리 하나가 작은 형체가 그녀를 올려다봤다. 끈적한 액체를 쏟아부은 것처럼 이목구비와 몸이 흐릿했다.

이름이 뭐야? 채원이 묻고는 낮고 희미한 소리에 고개를 끄덕였다. 왜 여기 있어?

거실 창을 잡고 그녀를 거실로 끌어당길 채비를 했다.

눈이 내려서…… 사방에 혼이 너무 많대. 채원이 나를 돌아봤다. 누굴 기다리는 중인데 밖은 무섭다고 하네.

기다리든 말든. 못 들은 척해. 내가 말했다.

눈에……. 채원이 말을 계속했다. 내가 가져온 눈이 녹아서…… 그렇다고? 그래서 보이는 거래.

태연한 그녀의 얼굴에 머리가 어지러웠다.

채원이 몸을 숙이고 무어라 중얼거렸다. 흐릿한 형체가 웅얼대는 소리가 들렸다.

허락해줘야 들어올 수 있대. 그녀가 말을 전했다.

나는 고개를 저었다. 그냥 두면 저번처럼 돌아갈 거야.

하루 정도는 재워주자. 날이 춥잖아. 채원이 화단을 내려다봤다.

뭔 줄 알고.

거실 창을 닫고 커튼을 친 뒤 라면을 마저 먹었다. 같은 말을 반복하던 채원도 설득을 포기하고 소파에 앉았다. 상을 치우고 거실로 돌아가자 채원이 다리를 굽혀 소파에 앉을 자리를 만들었다. 어제저녁 함께 본 영화를 이어 틀었다. 재작년 같이 보기로 하고 잊었다가 어제야 생각이 난 영화였다.

채원과 나는 자주 영화나 드라마를 함께 봤다. 재미가 있든 없든 영상을 보며 드는 생각을 나눴다. 그러다 보면 지나치는 화면도 인상 깊은 장면이 되고 따분한 이야기도 재미있어졌다. 누군가에게 이해받는 게 이런 거구나, 채원은 내게 그런 감정을 느낀다고 했다. 그런 말을 들을 때면 안도감이 들었다. 평생 서로에게 지금 같은 존재로 살 수 있을 것 같았다.

전예진. 베란다로 들어온

채원이 베란다를 쳐다봤다.

왜? 그녀를 따라 고개를 돌렸다. 커튼이 조금씩 흔들렸다.

제이래.

누가?

그녀가 턱짓으로 베란다를 가리켰다.

알 게 뭐야.

채원이 커튼을 조금 열고 밖을 내다봤다.

누가 또 왔다. 그녀가 창밖을 가리켰다.

담벼락 앞에 낯선 형체 둘이 서 있었다. 한쪽은 높고 한쪽은 낮았다. 제이가 창문에 붙어 우리를 바라봤다. 창이 조금씩 흔들렸다.

두 형체 중 낮은 쪽이 맞붙은 다리와 팔을 비틀며 베란다로 달려왔다. 다른 형체가 그를 쫓았다.

채원이 커튼을 걷고 베란다로 나갔다.

들어와. 그녀가 창문에 손을 댔다.

제이가 방범창에 매달려 채원에게 손을 뻗었다. 두 형체가 제이와 점점 가까워졌다. 채원이 나를 돌아봤다.

베란다까지만. 제이에게 소리쳤다. 잔뜩 힘이 들어간 이마가 아파 왔다. 거기까지만 들어와요. 내일 해 뜨면 나가고.

길고 뭉툭한 덩어리가 창문을 뚫고 들어왔다. 제이의 팔인 것 같았다. 제이가 균형을 잃고 앞으로 고꾸라졌다. 등을 구부리고 웅크린 자세 그대로 누웠다가 이내 일어나 몸을 살폈다. 그녀를 감싼 막이 녹아내리고 눈썹을 가린 앞머리와 묶은 단발머리가 드러났다. 제이는 평범한 이십대처럼 보였다. 무섭게 생기지도 않았고 몸 일부가 끊어진 흔적이나 핏자국도 없었다. 그녀가 허리를 숙여 무릎을 짚더니 숨을 깊게 내쉬었다.

뒤쫓던 형체가 베란다에 달라붙었다.

베란다로 나가 채원을 등 뒤로 보내고 자세를 낮췄다. 채원의 웃음소리가 들리는 것 같았다. 왜 웃어, 그녀를 돌아보려는데 낮은 형체가 베란다로 뛰어올랐다.

몸을 털자 긴 주둥이와 세모난 귀, 먼지떨이 같은 꼬리가 드러났다. 처진 눈과 등에 연갈색 무늬가 있고 털이 듬성했다. 개가 꼬리를 흔들며 제이의 냄새를 맡았다. 제이가 몸을 숙여 개를 살피다가 귀 아래로 손을 넣어 얼굴을 감싸고 쓰다듬었다.

남은 하나가 창턱을 짚더니 집 안으로 들어왔다. 제이보다 머리 한 개 반이 작은 아이로, 바가지 머리에 안경을 썼다. 이목구비가 선명해지니 볼과 턱에 난 점까지 눈에 들어왔다. 초등학교 4학년은 되어 보였다.

뭐야. 왜 도망쳤어. 제이를 바라봤다.

제이가 고개를 꾸벅 숙이더니 안방 베란다로 걸어갔다.

그만. 채원이 창밖을 향해 엄중히 말했다. 이제 그만 받겠습니다.

개가 제이를 쫓아 안방 베란다에 놓인 5단 서랍장과 벽 사이로 들어갔다. 좁은 공간에 미처 들어가지 못한 개의 엉덩이와 꼬리가 좌우로 흔들렸다.

아이가 콧김을 뿜으며 웃었다.

기다리던 사람이 개야? 내가 물었다.

아닐걸요. 아이가 대답했다. 우린 그냥 온 건데.

쟤넨 아는 사이 같은데, 채원이 상체를 기울여 안방 쪽 베란다를 보더니 몸을 바로 세웠다. 너는 어떻게 왔어?

별이 따라왔어요. 아이가 개에게 고개를 돌렸다가 다시 우리를 봤다.

어디 사는데?

이 앞이요. 아이가 담벼락 너머를 가리켰다. 별이랑 이 앞에서 오래 살았어요.

우리는 그가 생전 할머니와 부모, 누나와 살았고 그들을 떠나온 지 10년이 다 되어간다는 사실을 알게 되었다. 말하는 게 어린애답지 않다 했더니 죽어서 온갖 얘기를 다 들었다고 했다. 눈앞에 선 초등학생이 실은 스무 살이 넘었다니 잘 믿기지 않았다.

베란다에 선 채원을 두고 소파에 앉았다. 아이가 티브이를 힐끔 쳐다보았다. 채원이 아이의 시선을 쫓았다.

같이 볼래? 그녀가 물었다. 〈인피닛 드림〉이라는 영환데.

들어는 봤어요. 아이가 대답했다.

그래? 감독 얘기도 알아?

아이가 대답을 망설이자 채원이 나를 돌아봤다.

그러니까 저 영화감독이⋯⋯. 나는 재작년 봄인가 채원에게 소개한 기사를 아이에게 들려주었다.

*

영화 〈인피닛 드림〉 10주년 기념 기사 스크랩(2011년)

〈인피닛 드림〉의 각본을 쓰고 영화를 연출한 김 감독은 데뷔작과 두 번째 영화에서 잇따라 흥행에 실패했다. 그는 이를 계기로 영화를 포기하고 한 유통업체에 취직했다. 1년이 다 되어가던 날 그는 가족과 부산 여행을 가다 교통사고를 당했다. 만취한 상대가 그들의 차를 들이받았다. 감독은 크게 다쳤지만, 별다른 후유증 없이 회복할 수 있었다. 그러나 사고로 아내와 아들을 잃었다.

사건 이후 감독은 집에서 나오지 않았다. 한 달 만에 10킬로그램이 빠졌다. 이러다 죽겠다, 싶을 때쯤 매일 같은 꿈을 꾸기 시작했다. 온종일 꿈이 무엇을 의미하는지 생각했다. 그러다 밥을 먹고 걷고 살아가게 되었다. 그는 그때의 경험을 바탕으로 세 번째 영화 〈인피닛 드림〉을 만들었다.

영화는 엄청난 호평을 받았다. 적은 개봉관으로 출발했지만, 입소문을 타고 흥행에도 성공했다. 무수한 영화제에 초청을 받았고 상을 받기도 했다. 무명 감독이었던 그는 몇 개월 만에 세계적인 감독이 되었다. 이후 쉬지 않고 작품 활동을 했고 모두 좋은 평가를 받았지만, 아직도 〈인피닛 드림〉을 감독의 대표작으로 꼽

전예진. 베란다로 들어온

는 사람이 많다.

*

아이의 눈썹이 조금 올라갔다.

그러고요?

응? 아이를 바라봤다. 그게 다야.

버스에서 이야기를 들려줬을 때 채원은 놀란 얼굴로 그게 사실이냐고 물었다. 그렇다니까, 나는 그렇게 말했다. 당장 괴로운 일도 결국엔 나아진다고. 그녀는 티브이에 나오는 〈인피닛 드림〉을 벌써 두 번이나 보았다고 했다. 나는 그때까지 그 영화를 본 적이 없었다. 그저 개봉 10주년 기념 기사를 갈무리했을 뿐.

아저씨 얘기 재미있게 하시네요. 아이가 나를 보고 빙그레 웃었다. 얘기를 들을 때는 시큰둥한 표정을 짓더니 의외의 반응이었다.

내가? 아이에게 들려준 이야기를 되짚었다. 원래 기사와 크게 다를 바 없는 내용이었다.

별이가 돌아와 아이를 보고 앉았다. 뒤이어 나온 제이가 창밖을 기웃거렸다.

너네는 이제 가는 거야? 채원이 물었다.

응, 근데 저 갔으면 좋겠어요? 아이가 되물었다.

그럼. 내가 대답했다. 어차피 저 사람도 곧 갈 거야.

여기 재미있는데. 아이가 중얼거렸다. 그냥 있으면 안 돼요?

그래, 그럼. 채원이 대답했다.

안 돼. 나가.

아이가 나를 올려다봤다. 아까는 내일 해 뜨기 전에 나가라면서요.

그건 저 사람한테 한 말이지. 내가 말했다. 제이가 나를 힐긋 쳐다봤다.

왜, 그냥 있으라고 해. 채원이 팔꿈치로 나를 찔렀다.

입술이 간지러워 손으로 긁었는데 각질이 뜯어져 나왔다. 채원을 부엌으로 불렀다. 도대체 왜 그래? 내가 물었다.

북적북적하니 좋잖아. 심심할 틈 없고. 그녀가 나를 바라봤다.

되도록 조용히 있는 게 좋아. 아무 일도 안 생기게.

그래도. 채원의 목소리가 들렸다.

나는 그냥 너랑 있고 싶어. 그녀에게 말했다. 뜯어진 입술에서 비릿한 맛이 났다. 방으로 들어가 문을 닫았다. 채원은 뒤따라오지 않았다. 베란다로 난 창문에 작은 얼굴이 보였다. 아이가 창에 입을 대고 뭐라고 말했다. 창문을 열었다.

얘기 하나 더 해주세요.

저리 가. 창문을 닫으려는데 아이가 창틀 위로 손을 내밀었다. 놀라 창문을 다시 열자 아이가 씨익 웃으며 멀쩡한 손을 들어 보였다. 다칠 리가 없구나, 뒤늦게 짜증이 올라왔다.

그럼 저도 재미있는 얘기해드릴게요. 아이가 소곤거렸다.

전예진. 베란다로 들어온

별로. 책상에 앉아 노트북을 열었다.

진짜요? 제이가 누군지 안 궁금해요? 왜 밖을 무서워하는지?

뭐. 유명한 사람이야? 고개를 들어 아이를 봤다.

유명하죠. 다들 이를 가는데. 저도 별이가 냄새 맡고 쫓아오길 래 바로 왔잖아요.

왜? 책상에서 일어나 아이를 쳐다봤다.

얘기부터 해줘요. 아이가 태연한 얼굴로 나를 올려다봤다.

실랑이하며 시간을 낭비하고 싶지 않았다. 창문을 열고 노트 북을 창턱에 걸쳤다.

거기 다 있어.

아이가 스크롤을 내렸다. 나 이거 아는데. 이 얘기 해주세요.

그냥 읽어.

아저씨가 말해주는 게 재미있는데.

하……. 노트북을 들고 정리해둔 기사를 읽었다. 간단한 기사 였다.

*

'토끼 탈 시위' 기사 스크랩 (2019년)

세계정신장애인연대가 서울 광화문광장에서 정신장애인 자립 센터 증설과 지원 확대를 촉구하는 1인 시위를 진행했다. 이들은 토끼 탈을 쓰고 하는 1인 시위를 릴레이로 100일째 지속했다. 시위가 길어지면서 서울 등지의 고등학교 학생들이 그들을 지지하는 의미로 토끼 탈을 쓰고 등하교를 했다. 토끼 탈 등교가 SNS를 통해 입소문을 타면서 시위는 전국적 관심을 끌었다. 많은 사람이 정신장애인 자립센터가 존재한다는 사실과 그 중요성을 알았고 서명 운동에 동참했다.

*

끝났어요? 아이가 물었다.

그렇다는 뜻으로 고개를 까딱였다.

아저씨가 해주는 얘기는 가지런하고 빈틈이 없네요.

내 얘기가 아니고 기사를 요약한 거야.

아이가 히히, 하고 웃었다. 저도 말해드릴게요. 제이가 이 동네를 무서워하는 이유는요, 아이가 목소리를 낮췄다.

제이 때문에 재건축 하나가 미뤄졌거든요. 시간이 지날수록 아파트 값은 떨어지는데 내야 할 돈은 오르니까. 우리 할머니도 나 여섯 살 때 앓아누웠어요. 가진 게 집 하나랑 빚뿐인데, 그런 사람들 집에서 시위를 왜 하냐고……. 결국엔 재건축도 못 했으니까 말 다 했죠.

재건축……. 아이의 말을 곱씹었다. 사리3동 시위 기사를 떠올렸다. 스치듯 본 사진 속 장 모 양의 얼굴도. 제이와 닮았나? 사진

전예진. 베란다로 들어온

속 여자는 모자와 마스크를 쓰고 있었다.

별이가 짖는 소리가 들렸다. 그러고 보니 채원과 제이의 말소리가 들리지 않았다. 안방 창밖으로 고개를 내밀어 거실 베란다를 바라봤다. 쭈그려 앉아 별이와 눈을 맞추는 채원이 보였다. 그 옆에 제이가 서 있었다. 웃음기 없는 얼굴이 나를 쳐다봤다. 나는 목 뒤를 쓸어내리고 방 안으로 몸을 숨겼다.

그래서 온 거야? 할머니 쓰러진 거 복수하겠다고?

아니요. 아이가 웃었다. 할머니는 아직 건강하세요.

눈을 감고 얼굴을 문질렀다. 감당하기 힘든 일이 너무 많이 일어났다.

아저씨. 아이가 나를 바라봤다. 별이 쟤, 전 주인한테 버려진 뒤로 동네 떠돌이 개로 살았거든요? 나이도 많고 피부염도 있어서 잡아서 어디 보내야 한다, 그런 얘길 많이 들었대요. 그러다 제이랑 같이 살면서 치료도 받고 좋은 사료도 먹고 산책하고 놀고, 행복하게 지낸 거래요.

그런 얘기를 왜 해. 잠긴 목을 가다듬었다.

좋아할 것 같아서요.

안 볼 거면 그만 줘. 노트북을 가져다 책상에 놨다.

아저씨는 어쩌다 이렇게 됐어요?

뭐가, 또. 머리가 지끈거렸다.

원하면 내가 도와줄 수 있는데.

창문을 닫고 밤색 암막 커튼을 쳤다. 아이의 얼굴과 목소리가

가을

사라지니 한결 편안했다.

노트북에 사리3동 시위 기사를 갈무리한 글을 띄웠다. 어제와 오늘 본 기사 어디에도 장 모 양이 죽었다는 말은 없었다. 당시 장 모 양은 스물한 살이었고 제이는 많아야 이십대 중반처럼 보였다. 제이가 장 모 양이라면 그녀는 시위가 끝나고 몇 년 뒤 사망했다. 살아 있다면 나와 비슷한 나이였다. 침대에 누워 숨을 내쉬었다. 이런 순간은 좀처럼 익숙해지지 않았다. 이불을 뒤집어쓰고 눈을 감았다. 자고 나면 모든 게 사라지기를. 몸을 뒤척이며 볕이 내리쬐는 해변이나 김이 오르는 온천을 상상했지만 잘되지 않았다. 어느샌가 정신이 녹아내리듯 몽롱해졌다. 장롱 위 엎드린 것들이 잠에 취한 나를 내려다봤다.

개가 낑낑거리는 소리가 들렸다. 긴 잠을 잤다고 생각했는데 한 시간이 조금 지나 있었다. 거실로 나갔다.

베란다에 선 채원의 뒷모습이 보였다. 그녀를 마주 보는 제이의 표정이 차가웠다.

그게 왜 궁금하냐고요.

낮고 갈라진 목소리가 울렸다. 제이의 발치에 있던 별이가 베란다 안쪽에 선 아이에게 걸어갔다. 제이의 얼굴이 당장 무슨 일을 저지를 것처럼 일그러졌다. 서둘러 채원에게 다가갔다.

무슨 일이야.

채원이 눈을 지그시 감았다 떴다. 그녀는 불편한 감정을 인정

전예진. 베란다로 들어온

하는 데 서툴렀다. 그녀의 진짜 감정을 알려면 말보다는 표정과 몸짓을 관찰해야 했다. 그녀가 손가락을 긁기 시작했다. 그녀를 현관으로 데려갔다.

기다리는 사람 오면 바로 나가요. 어깨를 펴고 제이를 마주 보려 노력했다.

제이가 대답 없이 나를 바라봤다.

채원과 함께 집을 나섰다.

왜 그런 거야? 내가 물었다.

몰라. 그녀가 혼잣말처럼 중얼거렸다. 누굴 기다리느냐고 물어봤는데 갑자기.

그녀에게 아이가 한 말을 전했다.

아파트 시위? 그 사람이라고? 그녀가 물었다.

누굴 기다리는 걸까. 하필 여기서. 내가 되물었다.

글쎄.

횡단보도를 건너는데 별이가 귀를 펄럭이며 달려왔다. 곧이어 아이가 개를 쫓아왔다.

하루에 한 번은 산책해야 돼요. 아이가 묻지도 않은 말을 했다.

그래.

채원이 우리 둘을 보고 웃었다.

우리는 후문 건너편에 있는 근린공원을 느리게 걸었다. 화단에 쌓인 눈에 별이의 발자국이 찍혔다 사라졌다. 몇 블록만 더 가면 광장이 있는 큰 공원이 있어 이곳 근린공원을 찾는 사람은 많지 않았다. 길이 좁고 나무가 무성해 공원이라는 말이 무색한 곳이었다. 채원과 나는 사람이 없는 이곳을 좋아했다. 아이가 녹슨 운동기구에 매달렸다. 눈 녹은 물이 튀어 운동화가 젖었다.

별이가 운동기구 너머를 향해 짖었다. 모퉁이로 달려가다 멈춰 우리를 돌아보고는 다시 컹컹댔다. 아이가 달려 나갔고 채원이 그 뒤를 쫓았다.

굽어진 길을 지나자 벤치에 앉은 노인과 그의 발치에 엎드린 시추가 보였다. 분홍색 핀을 꽂은 시추는 자신의 냄새를 맡는 별이를 따라 고개를 돌릴 뿐 엎드린 자세를 유지했다.

안녕? 채원이 시추에게 손을 내밀자 시추가 꼬리를 흔들고 손을 핥았다. 귀엽네요. 그녀가 노인에게 말했다. 아이가 채원 옆에 서서 시추에게 치근덕대는 별이를 잡아당겼다.

벤치에 앉아 그들을 바라봤다.

우리 애는 〈동물농장〉에 나왔어. 노인이 대뜸 말을 걸었다.

아, 예.

시추가 몸을 일으키더니 흥, 하고 코를 풀었다. 채원이 눈을 감고 물러서서 얼굴을 문질렀다. 채원을 보니 웃음이 나왔다. 노인이 나를 보고 따라 웃었다.

이 동네에서 오래 사셨어요?

그렇지. 그가 내 뒤를 힐긋 바라봤다.

그럼 사리3동일 때도 계셨겠네요?

전예진. 베란다로 들어온

그가 턱을 긁으며 나를 훑어봤다. 그건 왜?

아, 제가 이 앞에 사는데 예전에 여기서 시위가 있었다 하더라고요.

기자예요?

아니요, 그냥 궁금해서…….

시추가 놀자고 달려드는 별이를 향해 캉, 하고 짖었다. 노인이 목을 가다듬고 시추를 들어 안았다.

이제 겨우 공사하기로 결정 났는데, 그가 못마땅한 목소리로 말했다. 왜 또 초를 치려고.

공원 공사한대요?

노인이 채원을 힐긋 보더니 일어나 걸었다. 별이가 시추를 쫓아가자 노인의 품에 안긴 시추가 별이를 돌아보며 짖었다. 노인이 멈춰 서서 시추를 쓰다듬었다.

시위하다 누구 죽은 거 다 옛날 일이야. 아파트 허물고 공원 된 지 10년이 다 되어가는데. 그의 목소리가 한층 부드러웠다. 저쪽으로 가면 나무 하나 있어요. 남은 건 그거뿐이야.

노인이 다시 걸음을 옮기자 별이가 돌아와 아이 앞에 앉았다.

가볼까? 채원이 물었다. 벤치에 앉은 아이가 딴청을 부렸다. 별이도 꼬리를 흔들 뿐 다가오지 않았다.

우리는 아이와 별이를 두고 공원 안으로 들어갔다. 한참을 걷자 코끼리 다리 두 개를 붙여놓은 듯한 느티나무가 나타났다. 큰 돌로 둘러싸인 화단에 서 있었는데 눈으로 덮여 아늑해 보였다.

채원이 화단을 둘러보더니 영험해 보인다, 하고 웃었다. 자주 공원을 걸었지만, 처음 보는 장소였다. 낯선 곳에 온 듯해 좋았다. 되도록 많은 곳을 채원과 가고 싶었다.

돌아가는 길에 아이와 별이를 만났다. 아이가 별이에게 뒷발을 주는 개인기를 가르쳤다며 연신 뒷발을 외쳤다. 별이는 세 번만에 아이의 손에 뒷발을 올렸다.

시위에서 사람이 죽었어?

아이가 나를 물끄러미 바라봤다.

진짜 알고 싶어요? 아이가 물었다.

채원이 손등을 긁기에 그녀의 손을 잡았다. 장갑을 끼지 않은 손이 차가웠다. 맞잡은 손을 주머니에 넣었다.

응. 내가 대답했다.

시위할 때 사람들 못 들어오게 돌을 쌓았는데 나중에 그게 물대포에 맞아 무너졌대요. 아이가 내 얼굴을 살피고는 말을 이었다. 어떤 남자가 그 앞에 서 있다가 쓰러져서…….

나는 고개를 숙이고 눈을 가렸다. 한숨이 새어 나왔다.

그 사람을 기다리는 거야?

아이가 어깨를 으쓱해 보였다.

제이는 어떻게 된 거야? 채원이 물었다.

자살했대요, 몇 년 뒤에.

팔에 소름이 돋았다. 우리는 누굴 집에 들였나. 말없이 집으로 걸어갔다. 길을 건너 담벼락을 지났고 걸음을 서둘렀다.

전예진. 베란다로 들어온

누가 죽었다는 얘긴 없던데.

채원도 아이도 내 말에 대답하지 않았다.

현관문을 열자 제이가 우리를 돌아봤다. 햇빛을 받은 제이의 발이 엷은 노란 빛을 띠었다. 그늘에 잠긴 다른 곳은 상대적으로 어두웠다. 제이의 눈 밑에 검붉은 반점이 생겼고 그녀의 볼과 턱이 흘러내렸다.

눈을 질끈 감았다 떴다.

제이는 여전히 나를 보고 있었다.

도대체 언제 온다는 거야. 제이를 피해 바닥으로 시선을 돌렸다.

얘기해봐야겠어. 채원이 말했다.

왜? 하지 마. 그녀를 잡았다.

내가 잘못 생각했어.

뭘?

쟤도 무서운 거야. 너처럼.

채원이 베란다로 들어가 제이의 등을 쓰다듬었다.

얘기 들었어. 그거 네 잘못 아니야. 채원이 말했다. 무서워할 거 없어.

제이가 죽은 사람의 얼굴로 그녀를 쳐다봤다.

아니에요. 제이가 입을 열었다. 그런 게 아니라,

낮게 웅얼대는 제이의 목소리를 들으며 아파트 공동 현관에 앉은 제이와 남자를 상상했다. 그들을 비롯한 열아홉 명은 페인트칠이 벗겨진 5층짜리 아파트에서 화단을 가꾸고 끼니를 잇고 대화를 나눴다. 누구에게도 하지 못한 이야기를 공유했고 공감과 위로를 받았다.

시위가 두 주째 되던 날 남자의 형과 친구들이 찾아왔다. 그들은 바리케이드에 난 틈으로 곧 경찰이 투입되리라는 소식을 전했다. 남자는 제이를 찾아가 시위를 그만두고 싶다고 말했다. 제이는 자신이 결정할 일이 아니므로 회의를 열어야 한다고 대답했다. 열아홉 명의 시위대가 모닥불에 둘러앉았다. 그들의 얼굴을 번갈아 바라보며, 제이는 시위가 성공하려면 모두가 뭉쳐야 한다고 말했다. 남자는 회의 결과에 따라 아파트에 남았고 시위 진압 과정에서 사고를 당했다.

그렇게 될지 몰랐잖아. 채원이 말했다.

제이가 천장을 보며 생각에 잠겼다.

사실은, 제이가 말을 이었다. 계속 이렇게 살면 좋겠다고 생각했거든요. 조금만 더 같이.

제이의 시선이 채원을 지나 내게 향했다.

핏자국이 사라진 제이의 얼굴에 문득 그동안의 일을 털어놓고 픈 충동이 일었다. 지난겨울 채원과 내게 무슨 일이 있었는지, 우리가 지난 1년을 어떻게 견뎠는지, 모두 이야기하고 싶었다.

채원이 나를 바라봤다. 눈이 크고 머리는 부스스하고 불안하면 손이며 목을 긁는. 눈을 감고 채원을 상상했다. 그녀와 함께하

전예진. 베란다로 들어온

는 일상으로 돌아가야 했다.

그러려면 제이를 내보내야지. 나는 눈을 뜨고 방법을 생각했다.

신호를 보내면 어때요? 내가 말했다. 보고 찾아오라고.

무슨 신호요? 베란다 창에서 아이의 얼굴이 불쑥 나타났다. 별이가 그 옆으로 머리를 들이밀었다. 아, 얘도 있었지. 고개를 돌리고 한숨을 내쉬었다. 눈이 마주친 채원이 웃음을 참으려 입을 오므렸다.

모닥불? 제이가 중얼거렸다.

불? 귀를 의심했다. 불은 안 되지. 내가 말했다.

도깨비불이면 타진 않을 거예요. 아이가 말했다.

채원이 고개를 젖히고 웃더니 제이의 얼굴을 감쌌다.

좋네. 채원이 말했다. 해 보자.

무슨 소리야? 내가 말했다.

채원과 제이가 나를 보며 웃었다.

커튼을 완전히 걷고 베란다 창을 열었다. 자전거와 빨래 바구니를 비롯해 거실 베란다에 놓인 물건을 안방 앞으로 옮기고 바닥 청소를 했다. 별이가 물걸레를 물고 이리저리 당기는 바람에 시간이 배로 들었다.

담벼락 위로 붉은 노을이 번졌다. 베란다에 이불을 깔고 제이와 아이가 도깨비불 피우는 모습을 구경했다. 채원의 붉게 튼 손등이 눈에 들어왔다. 털장갑을 가져다줄까 물었는데 그녀가 괜찮다며 내 손을 잡았다. 두꺼운 겨울 이불을 깔았는데도 바닥이 차

가웠다. 채원의 손을 불 가까이 가져갔다. 따뜻한 볕과 바람이 맨
살에 닿는 기분이 들었다. 지난 1년 치 잠이 몰려오는 듯 졸음이
쏟아졌다. 도깨비불을 보면 안 좋은 거 아닌가, 잠결에 그런 생각
이 들었다.

　푸른 모닥불에 둘러앉아 춤을 추고 노래하는 사람들을 봤다.
아스팔트 바닥에 앉은 채원이 발을 까딱이며 노래를 불렀고 아이
가 물구나무를 섰다. 나는 동굴에 앉아 밖에서 들어오는 불빛을
기웃거렸다. 무엇보다 그들 위 벼랑에서 흔들리는 바위가 걱정이
었다. 채원에게 그 사실을 전하려고 입을 열었는데 밖에서 들려
오던 소리가 멈췄다.
　발치에 있는 이불을 더듬어 끌어올렸다. 눈을 뜨자 천장이 보
였고 뒤이어 베란다와 거실 창이 보였다. 서둘러 일어나 앉았다.
모닥불이 있던 곳에 손바닥만 한 그을음이 묻어 있었다. 채원을
불러보았지만 대답이 없었다. 집 안을 살폈다. 제이와 다른 존재
는 물론 채원도 보이지 않았다. 베란다 앞에 찍힌 어수선한 발자
국이 눈에 들어왔다.
　외투를 걸치고 밖으로 나갔다.
　후문을 지나는데 갓길 주차된 자동차와 아이들이 보였다. 차
에 쌓인 눈을 뭉치며 노는 것 같았다.
　너희 혹시 지나가는 사람 못 봤니? 눈이 큰 이몬데, 머리 묶고.
　누구요? 아이들이 내 주위로 몰려들어 제각기 떠들었다.

　　　　　　　　　　전예진. 베란다로 들어온

그런 사람은 못 봤는데.

근데 아무도 안 지나갔어요.

그래? 떨리는 숨을 내뱉고 아파트로 돌아섰다. 담벼락 앞에 쭈
그려 앉아 눈을 헤집는 꼬마가 보였다. 꼬마가 나를 돌아봤다. 갈
색 머리에 까만 눈이 동그랗고 턱살이 있는 아이였다.

누굴 잃어버렸어요? 꼬마의 턱과 목 가죽이 부풀다 가라앉았
다.

응. 나는 꼬마가 불편해하지 않도록 아이의 턱에서 자그마한
손가락으로 시선을 옮겼다.

저기로 가보세요. 꼬마가 길 건너 공원을 가리켰다.

저기? 누가 가는 거 봤어? 공원을 봤다가 꼬마를 다시 돌아봤
다. 꼬마는 사라지고 없었다. 참새 한 마리가 날아와 담벼락에 앉
았다.

횡단보도를 건너 구불구불한 길을 빠르게 걸었다. 나무 사이
로 반대쪽 길을 걷는 사람들이 보였다. 채원이 옆에 있다면 우리
는 으레 그렇듯 장난을 시작했을 것이다. 그녀가 사람들에게 인
사를 건네고 나는 그녀를 말리지만, 그녀는 내 말을 듣지 않고 인
사를 계속한다. 사람들이 우릴 돌아보기 시작하고 나는 그녀를
두고 앞서 걷는다. 어디 가, 그녀가 달려오면 나는 고개를 숙이고
그녀를 모른 체하다 끝내 못 이긴 척 그녀의 손을 잡는다.

녹슨 운동기구를 지나 공원 안으로 걸어갔다. 채원에게 할 말
을 생각했다. 그러게 내가 뭐랬어. 우리는 언제나 조심해야 해. 언

제나 마지막인 것처럼.

돌로 둘러싸인 화단과 느티나무가 나타났다.

또 왔네요. 아이의 목소리가 들리고 손바닥에 별이의 털이 닿았다. 손을 내려다보자 꼬리를 흔드는 별이가 보였다.

채원이는? 내가 물었다.

아이가 느티나무 가지에 앉아 다리를 흔들었다.

원하는 게 있으면 도와드릴게요.

채원이랑 집에 가고 싶어. 그게 다야.

아이가 가지에 다리를 걸치고 거꾸로 매달렸다.

그럼 아저씨가 모은 이야기 저 주세요.

이야기? 기사 스크랩한 거 말하는 거야?

아이의 머리가 위아래로 흔들렸다. 별이가 나를 올려다보더니 채근하듯 짖었다.

다 가져가, 상관없으니까.

아이가 다리를 풀고 화단으로 뛰어내렸다. 그가 별이를 쳐다보자 별이가 냄새를 맡다 수풀 뒤로 사라졌다.

아저씨, 내가 제이가 어떻게 죽었는지 아는 게 이상하지 않아요? 아이가 나무를 올려다보며 말했다. 별이가 말해줬거든요. 한 달 동안 사료 봉지를 뜯고 변기 물을 마셔가면서 죽은 제이 옆에서 살았대요. 쟤가 어떻게 죽었냐면요. 낯선 사람들이 문을 열고 들어오니까 놀라서 도망치다가, 정신없이 막 달리다가 집 앞 도로에서 사고를 당한 거예요. 끔찍하죠?

전예진. 베란다로 들어온

아이가 나와 눈을 마주쳤다.

앞으로는 아저씨도 그런 얘기를 보고 듣게 될 거예요.

바람에 느티나무가 흔들렸다. 성긴 눈이 내렸다.

공원을 나와 길을 건넜다. 눈송이가 하나둘 늘더니 어느새 사방이 눈이었다. 손바닥에 닿은 눈이 버짐처럼 녹았다. 담벼락 옆으로 먼지떨이 같은 꼬리가 보였다. 별이가 아파트 옥상을 쳐다봤다. 저기 있어? 내 목소리에 별이가 나를 봤다가 다시 옥상으로 고개를 돌렸다.

문을 열자 옥상 환기구 옆에 선 채원이 보였다. 붉게 튼 볼과 푸른 입술이 안쓰러워 외투를 벗어 입혔다. 채원은 새벽부터 제이와 동네를 돌아봤다고 했다. 높은 곳에서 내려다보면 그 사람을 찾을 수 있지 않을까, 채원의 제안에 둘은 옥상으로 향했고 해가 뜰 때까지 아파트 단지와 공원을 내려다봤다. 만나게 해주고 싶었는데. 채원이 중얼거렸다.

어떤 일은 나아지지 않나 봐.

시간이 지나도.

우리는 말없이 계단을 내려왔다. 속눈썹에 붙은 눈이 녹아 앞이 잘 보이지 않았다. 현관문을 열고 신발을 벗었다. 채원이 몸을 녹이는 동안 노트북을 열고 파일을 확인했다. 파일에 적어둔 이야기는 온통 뒤죽박죽이었다.

토끼 탈 시위는 민원으로 중단되었고 예산 삭감에 따라 이듬

해 일부 지역에 있던 정신장애인 자립센터가 문을 닫았다. 음주 운전 사고로 가족을 잃은 감독은 알고 보니 상습적 성범죄자였고 한쪽만 남은 스키를 타고 설산을 내려오던 이탈리아 사람은 조난을 당했다. 반년 뒤 산을 오르다 낙오한 사람이 그를 발견하기 전까지 사람들은 그의 죽음조차 몰랐다.

사리3동의 기사는 더 처참했다. 시위 당시 사망한 한 모 군은 생일을 세 달 앞둔 미성년자였고 장 모 양은 시위가 있고 몇 년 뒤 스스로 세상을 떠났다. 시위자들은 그들이 점령한 아파트 말고는 아무것도 바꾸지 못했다.

파일에는 마이크를 든 제이의 사진도 담겨 있었다. 그녀 뒤에 가구와 벽돌로 만든 바리케이드가 있었다. 가구 사이로 시위자들의 눈과 손이 보였다. 뒤집어진 의자 다리 옆으로 튀어나온 회색 털장갑이 눈에 들어왔다. "세상은 어떤 문제도 해결할 수 없는 곳이 되었다. 우리는 각자가 믿는 것을 믿을 뿐이다." 사진에 딸린 글은 그게 전부였다.

나는 책상에 머리를 묻고 눈앞에 떠오르는 글자의 자음과 모음을 하나씩 들여다봤다.

뭐 해. 채원이 어깨에 손을 얹었다.

그녀와 함께 내리는 눈을 봤다. 이제부터는 일정한 줄거리가 없는 이야기를 마주해야 했다. 채원의 몸이 눈처럼 녹아 그림자만 한 웅덩이가 되었다.

들어봐. 나는 채원의 손이 닿았던 어깨에 손을 올리고 이야기

전예진. 베란다로 들어온

를 시작했다. 베란다 창에 달라붙은 눈송이 여럿이 갈라지고 뒤
섞이며 흘러내렸다.

가을

이 불안이 우리를

전예진 × 안서현

안서현   안녕하세요. 오늘은 전예진 선생님을 모시고 '가을의
소설'로 선정된 「베란다로 들어온」에 대해 같이 이야
기 나눠보도록 하겠습니다. 먼저 이렇게 인터뷰에 응
해주셔서 감사합니다. 이번 시소는 대학생 특집이었어
요. 참여해주신 대학생 선정위원들과 같이 이야기 나
눈 끝에 「베란다로 들어온」이 큰 지지를 얻으면서 선
정되었습니다.

전예진   시소 코너를 재미있게 보았는데 '가을의 소설'로 선정

되었다니 영광이고요. 대학생 독자분들이 뽑아주셨다고 하니까 감회가 새롭고 감사합니다.

안서현 「베란다로 들어온」은 『악스트』 5/6월호의 'keyword' 라는 지면에 실린 소설이죠. 그 호의 키워드는 도시 괴담이었고요. 그래서 이 소설에는 각종 괴담에 나올 법한 도시 귀신들의 여러 유형이 등장하고 있어요. 주인이 허락해야만 안으로 들어올 수 있는 귀신, 자려고 누웠는데 옷장 위에서 나를 보고 있는 귀신처럼요. 한편 이 소설은 신화 같다는 느낌도 주는데요. 가령 소설 속 '나'는 '아이'와 모종의 거래를 합니다. 그동안 '나'는 세상의 온갖 이야기를 읽으면서도 결말은 회피해왔는데, 아이의 도움을 한 번 받는 대신 앞으로는 이야기의 결말까지 알게 되는 것입니다. 「베란다로 들어온」은 귀신들에게 베란다를 내어주는 따뜻한 괴담 같기도 하고, 삶과 이야기의 관계에 대한 신화 같기도 한 작품이었는데요. 선생님에게 「베란다로 들어온」은 어떤 작품인가요?

전예진 저는 도시 괴담을 도시에서 느끼는 불안에 대한 이야기로 이해했어요. 도시에서 느끼는 불안이 뭐가 있을까 생각했을 때 사회 현상이나 문제를 쉽게 파악하고 해결하기 어려운 점이 떠오르더라고요. 그럴 때 우리가 느끼는 불안감, 그 불안을 해소하기 위해 어떤 행동을 하는지, 어떻게 행동하면 좋을지, 그런 것을 생각하며 소설을 썼습니다.

안서현　네, 그렇군요. '불안'이라는 이 소설의 또 다른 키워드를 짚어주셨는데요. 이 불안이라는 말은 예기치 않은 일들이 일어날 것 같은 느낌이라고 바꾸어 말할 수 있을 것 같아요. 그러고 보면 선생님의 소설에서는 항상 이상한 일들, 예기치 않은 일들 그리고 갑작스러운 일들이 일어나는데요. 그래서 저는 「베란다로 들어온」의 도입부에 나오는 문장, "작년 겨울부터 종종 이상한 일이 일어났다"가 지금까지 선생님이 써온 다른 소설들과도 어울리는 선생님'다운' 문장이라는 생각을 했어요. 어느 날 갑자기 일어나기 시작한 이상한 일. 바꾸어 말하자면 일상의 불안정성, 현실의 비현실성(또는 비현실의 현실성), 이런 것들이 선생님의 작품 세계를 설명해줄 수 있는 그런 말이라고 생각했습니다. 이 작품에 한정하지 않고 선생님이 평소 추구하는 소설 세계에 대해 이야기해주실 수 있을까요?

전예진　제가 불안과 걱정이 많은 사람이어서 일상이 갑작스럽게 변하는 이야기를 쓰는 게 아닐까, 하는 생각이 들어요. 현재에 집중하기보다 '이런 일이 일어나면 어떡하지' 걱정할 때가 많거든요. 한편으로는 일상이 무너질 때 어떤 현상이나 문제를 더 분명하게 인식하게 된다는 생각도 들어요. 다른 사람의 이야기나 뉴스로 들으면 '이렇게 하면 쉽게 해결되지 않을까' 아니면 '쉽게 막을 수 있지 않을까' 싶던 문제가 내 일상에 영향을 주면 '왜 이런 일이 여태 일어나고 있지?' 하고 생각하게 되잖아요. 그럴 때 인물이 어떻게 행동하는지, 그 이유와 과정이 소설에서 나올 때 사회를 향하는 한 시선을 보여주는 것 같아요.

안서현 맞아요. 어떤 떠들썩한 뉴스보다도 일상의 작은 흔들림을 통해서 사회에서 일어나는 여러 일들을 더 예민하게 감지할 수 있는 것 같아요. 그러고 보니 선생님의 소설들은 이런 일상의 불안을 통해 사회의 징후를 포착해왔다고 할 수 있겠네요. 「숨통」(『AnA』 1호)이라는 소설은 학교에서, 「점심」(『현대문학』 2019년 4월호) 같은 소설은 직장에서 일어날 수 있는 일들에 대해 민감한 질문을 던지는 소설이었고요.

그렇게 본다면 「베란다로 들어온」도 '나'의 일상의 흔들림을 통해 도시 재개발이라는 더 큰 문제를 생각해보게 하는 작품이라고 할 수 있겠네요. '제이'를 비롯한 사람들이 머물 수 있는 공간을 허락하지 않는 도시의 문제에 대해서요. 소설 말미에 "세상은 어떤 문제도 해결할 수 없는 곳이 되었다. 우리는 각자가 믿는 것을 믿을 뿐이다."라는 문장도 나오는데요. 아무리 시위를 해도 바뀌지 않는 세상의 공고한 논리에 대한 참담함을 담아 쓰신 소설이 아닐까 하는 생각도 했습니다. 「베란다로 들어온」을 쓰실 때 실제 사건이나 주변의 이야기를 떠올리신 것이 있으신지요?

전예진   사실 「베란다로 들어온」을 쓸 때는 실제 사건을 최대한 반영하지 않으려고 노력했어요. 왜냐하면 실제 사건과 연관이 되면 누군가가 상처받을 수 있겠다고 생각했거든요. 반면 실제 사건보다는 제가 최근 느낀 감정과 경험이 담긴 것 같아요. 소설 속 화자는 이미 알고 있는 정보를 선택적으로 외면하지만, 현실에서 우리는 어떤 사실을 외면하고 있다는 것조차 모를 때가 많잖아요. 편향된 정보만을 접하거나 아니면 같은 정보를 접해도 편향적으로 생각해버리거나요. 저도 그럴 때가 많아서 당연하다고 생각했던 일이 사실은 그렇지 않은 상황을 거의 매일 마주치는 것 같아요. 그럴 때 느끼는 좌절감, 그리고 그 문제를 제대로 보지 않아서 나중에 더 큰 문제가 되었을 때 느끼는 죄책감이 있잖아요. 그런 감정과 경험이 소설에 들어가지 않았나 싶습니다.

안서현 이 소설이 구체적인 사건을 지시하지는 않으면서 도시에서 일어나는 재난, 그러니까 여기서는 인간에 의해 일어나는 재난인데요. 이런 재난에 대한 공통 감각을 불러일으킨다는 이야기를 선정 과정에서도 했었거든요.

전예진 그렇게 봐주셨다니까 감사하네요.

안서현 아파트라는 공간에 대한 이야기도 해볼까 해요. 그러고 보면 선생님 소설에 '아파트'라는 공간이 많이 나오는 것 같아요. 「이웃에 방해가 되지 않는 선에서」(『악스트』 2019년 3/4월호)도 그렇고 「우리 집에 놀러 와」(『학산문학』 2021년 겨울호)도 그렇고요. 선생님의 소설 속 아파트는 그동안의 한국 소설들에서 보던 중산층의 권태로운 삶이 펼쳐지는 공간 혹은 층간 소음을 통해 얼굴 없는 타인과 불편한 관계를 맺는 공간이 아니라, 앞서 말씀드린 것처럼 이상하고도 재미있는 일들이 일어나는 공간이에요. 아파트 공간을 자주 그리시는 이유가 있을까요?

전예진 실제로 제가 십대, 이십대를 아파트에서 보내서 그 경험이 영향을 준 것 같고요. (웃음) 아파트는 많은 사람이 같이 사는 공간이잖아요. 그렇다 보니까 규칙도 많고 안전하고 편리하면서도 뭐 하나 마음대로 할 수 없는 곳이고, 한편으로는 사회 경제적인 지위가 뚜렷하게 드러나는 주거 형태잖아요. 이런 특성들을 생각하면 사회에서 발생하는 현상이나 사건을 다루기에 매력적인 장소라는 생각이 들어요.

안서현 네, 인터뷰 말미에도 앞으로의 계획에 대한 질문을 드리겠지만 여기서도 살짝 여쭤볼까요. 혹시 앞으로도 아파트가 배경이 되는 소설을 쓰실 가능성이 있을까요?

전예진 아파트 배경이 어울리는 이야기가 떠오르면 그럴 것 같아요. 제가 최근에 빌라로 이사해서 그게 소설에 영향을 주지 않을까 싶습니다.

안서현 네, 그러면 이제는 '빌라 이야기'를 기대해보아야겠습니다. (웃음) 이번 질문은 소설 작법에 대한 것이라고도 할 수 있겠는데요. 아까 제가 "작년 겨울부터 종종 우리에게 이상한 일이 일어났다"라는 문장을 읽었는데, 사실 작년 겨울에 어떤 일이 일어났는가 하는 것은 많은 부분 독자의 상상에 맡겨져 있어요. 독자는 이 빈 이야기를 채울 수 있는 여러 가능성을 생각하면서 소설을 읽어나가게 되거든요. 그런데 이렇게 쓰는 것은 사람들이 생각하는 것보다 훨씬 더 어려운 일이라고 생각해요. 독자에 대한 신뢰도 필요하고요. 어떤 마음으로 독자에게 이야기를 열어주셨는지 말씀해주시면 좋겠어요.

전예진 「베란다로 들어온」을 쓰면서 첫 문장부터 확 몰입되는 글이면 좋겠다고 생각했어요. 그래서 문장도 단순하고 간결하게 쓰려고 했는데…….

안서현 정말 그랬어요, 행간과 행간을 따라가며 읽게 되더라고요. 여러 번 읽게 되기도 하고요.

전예진 네. 같은 맥락에서 '나'와 '채원'의 과거 또한 이런 일이 일어났다고 한 번에 제시하기보다는 조금씩 어떤 뉘앙스를 주면서 독자분들이 읽을 때 호기심이 일도록, '무슨 일이 있었던 거지, 어떤 상황인 거지' 추측하며 읽으면 좋겠다는 생각으로 구체적인 언급을 하지 않

가을

왔던 거 같아요. 근데 말씀을 들어보니까 정말 독자분들을 신뢰하지 않고서는 할 수 없는 일이구나, 그런 생각이 드네요. (웃음)

안서현 네, 대부분의 경우에는 작가가 설명하지 않는 부분이 있다 해도 독자에게는 제한된 선택지들만이 주어지지요. 이야기를 처음부터 열어놓는 것이 아니라 마지막에 한 번 열어주는 정도라고 할까요. 그래서 더 특별한 소설이었습니다.

자, 이제 「베란다로 들어온」에 대한 질문으로는 마지막 질문인데요, 바로 결말에 관한 것입니다. 이 소설의 결말은 슬프면서도 따뜻해요. 언제까지나 함께 있을 수 없다는 결핍감과 불안감, 그리고 어떤 형태로든 함께일 수는 있다는 충족감과 밀착감이 같이 느껴져요. 이렇게 따뜻함과 충족감, 밀착감이 느껴지는 것은 이 소설에 누군가를 골똘히 생각하는 인물—강아지 '별이'도 그중 하나니까, 동물도요—들이 많이 나오기 때문인 것 같아요. 채원을 살뜰히 챙기는 '나'의 마음이라든가, 같이 시위에 참여했던 사람을 기다리는 '제이'의 마음이라든가, 그런 제이를 위해서 꼭 기다리는 사람을 만나게 해주고 싶다는 채원의 마음처럼요. 이 결말을 보고 '관계'에 대해서는 어떤 이야기를 전하고 싶으신지 궁금하더라고요.

전예진 소설에 나오는 여러 이야기만큼이나 '나'와 채원의 관계가 중요하다고 생각했어요. '나'가 해결되지 않는 문제에 대해서 불안을 느끼는 이유, 그걸 외면하기로 결심한 이유, 결국에는 외면하기를 멈춘 이유가 다 관계에 있다고 생각했거든. 결국 '나'나 '나'가 아끼는 사람에게는 그런 일이 일어나지 않으면 좋겠다, 하는 마음이 그 바탕에 깔려 있는데 때로 누군가를 지키겠다고 한 일이 실제로는 그 사람을 위한 일이 아닌 경우가 있잖아요. 또 우리를 지키기 위해서 그 '우리'라는 개념을 확장해야 할 때가 있고요. 그런 것들을 생각하면서 쓴 것 같아요.

안서현 결국 궁극적인 이야기는 관계에 대한 것이었다고도 할수 있겠네요. '나'의 마음을 따라가다 보면 결국은 관계에 대한 생각에 닿게 됩니다. 이렇게 이야기 나누는 동안에도 「베란다로 들어온」의 여운이 계속 맴도네요. 그 정도로 독자의 마음을 많이 건드리는 결말이 아니었나 싶습니다. 이제 슬슬 인터뷰를 마무리할 시간인데요, 마지막으로 앞으로의 계획에 대해서 말씀해주시겠어요?

전예진　네, 첫 소설집이 9월 말쯤 나올 예정이고요. (웃음) 틈틈이 장편 준비도 하고 있습니다.

안서현　오, 정말 기대가 되는데 혹시 연재가 되나요, 아니면 바로 책으로 출간되나요?

전예진　연재를 할 것 같아요. 자세하게 말씀드리기는 어렵지만 재미있게 읽어주셨으면 하는 마음으로 열심히 준비하고 있습니다.

안서현　저도 기다리고 있겠습니다. 그러면 『자음과모음』 독자분들께 같이 마지막 인사드릴까요? 지금까지 전예진 선생님과 2022년 '가을의 소설' 「베란다로 들어온」에 대해 이야기 나누었습니다.

전예진　소설에 대해 함께 이야기할 수 있어 즐겁고 설레는 자리였습니다. 감사합니다.

안서현
문학평론가

　　　인터뷰 _ 전예진 × 안서현

———————————————————— 겨울

겨울

시

주민현
2017년 한국경제신문 시 부문으로 등단했다. 시집으로 『킬트, 그리고 퀼트』가 있다.
창작동인 '켬'으로 활동 중이다.

밤은 신의 놀이

복도에 옹기종기 펼쳐진 우산들
누구 머리를 위한 걸까

탈모는 현대인의 질병이래
머리가 다 빠진 미래의 인간을 상상한다

비가 오면 잠기기 좋고
떠오르는 기억을 뜰채에 가두기 좋아

탄천에 조용한 쓰레기 밀려 내려오고
나무들 귀밑까지 잠기고

빅토리아풍 교회와 서툰 이발사
춤추는 사람들 이야기를 하며 걷는다

왜 이 동네엔 헌옷수거함이 없을까

모두들 영원히 버리지 않아도 좋을까

버리지 않게 되는 기억도 있지

너 기억의 첫 번째 집에서
시간의 멱살을 잡고 우수수 코를 터트리러 다녔지

골목을 메우는 건 동네 아이들 웃음, 비명소리

두 번째 집에서는 품속에서 굳어가는 개를 묻었고
세 번째 집은 재개발되어 사라졌다

네 번째 집을 너 떠나올 땐 꽤 많은 용기가 필요했지

악기상의 딸은 자라 부모를 모르게 되고
빌라는 점점 작아져 도시의 굴뚝이 되네

연기는 빠져나가기에 좋고
비 오는 소리는 다른 소리들을 덮기에 좋아

죽으려는 사람의 가스 불 소리
행복에 겨운 두 사람이 포개지는 소리

겨울

비가 너무 많이 온다면
그 모든 곳이 연결될 거야

체육공원과 물놀이장 학교의 주먹다짐 어린 시절의 방학천

어둠 속에서 학생들이 담배를 나눠 피우며
조용히 눈빛을 교환하고 있어
진짜 나쁜 일은 아직 일어나지 않았어

과거를 아름답게 기억하는 데에는
얼마간의 위선이 있지
생활의 아름다움이 너를 기진맥진하게 만들지

불이 난 양말 공장
일요일 교회 앞 뻥튀기 트럭 옆의 비둘기들

네가 탄천을 지나가며 보는 것
너는 어둠 속에 숨겨진 것을 알고 싶어 하네

길 없음, 누군가 고쳐 쓴 글씨를 읽으며
숲길을 바라본다

저기에 유령이 산대

유령의 존재란 무슨 뜻일까
그건 인간에게 놀라움이 필요하다는 뜻

신화 속 여성들이 벌거벗은 이유는
세상이 유혹하는 존재를 원한다는 뜻

숲길은 혼령들을 따라 길게 이어져 있네

낮은 주택의 구름과 이상은 높고
네 글은 재보다 가벼워

밤은 신의 놀이
삶과 죽음은 주사위 놀이

정말 이상한 오리들이 정말 이상한 모양으로 떼 지어 내려온다

창가에 매달려 있는 여자는 사실
비 내린 거리를 내려다보고 있는 게 아니라
자기의 전 생애를 발끝에 걸어보고 있는 거야

겨울

어둠을 바라보며 걷기

주민현 × 김나영

김나영 안녕하세요. 2022년 『자음과모음』 '겨울의 시'에 주민현 시인의 「밤은 신의 놀이」가 선정되어 이렇게 인터뷰 자리에 초대하게 되었습니다. 우선 반가운 마음과 축하의 인사를 함께 드리고 싶어요. 앞서 선정 좌담에 참여해주신 모든 분이 이 시의 좋은 점을 소리 높여 말씀해주셨는데요, 그래서인지 오늘 주민현 시인과 나눌 대화가 더욱 기대됩니다. 본격적으로 작품 이야기를 하기에 앞서 안부를 좀 나눠볼까 싶어요. 요즘 어떻게 지내시나요, 시인으로서나 시민으로서.

주민현 전 스스로 의심이 많은 편이라 써놓고도 '정말 잘 쓴 건가?' 하는 생각을 많이 하는 편인데요. 이렇게 선정 되었다는 연락을 주셔서 감사했어요. 근황을 말씀드리 자면 전처럼 똑같이 시 쓰고, 일하고, 회사를 다니고 있 어요. 최근에는 '켬' 동인 친구들(이소연, 이서하 시인, 전영 규 평론가)과 낭독회를 했어요. 두 번째 시집을 준비하 면서 원고도 틈틈이 다듬고 있고요. 한 명의 시민으로 서는 최근에 큰 참사가 있었잖아요. 무거운 마음으로 후속 기사도 찾아보고 하면서 사회에 대해서 생각을 하고 있습니다.

김나영 때때로 글 쓰는 나와 일상을 살아가는 나를 완벽하게 분리해보는 것도 필요하다는 저의 개인적인 견해로 드 린 질문이었어요. 그런데 가령 최근에 있었던 참사의 경험 같은 건 그런 분리를 불가능하게 만드는 역할을 하는 듯해요. 거듭 현실로, 지금 여기에 발붙이고 사는 나를 돌아보게 하는데요. 그런 의도치 않은 사유와 감 각의 방식이 자연히 작품 활동에도 영향을 미치는 것 같고요.

주민현 일상을 살아가는 한 시민이자 시인으로서는 매일 밥 을 먹고, 일을 하고, 산책을 하는 사소한 일들을 하면서 살아가지만, 코로나 팬데믹 이후로 바이러스를 비롯해 기후 위기, 재난 같은 것들이 디스토피아적 상상을 하게 만들고, 그게 작품에도 많은 영향을 끼치는 것 같아요. 먼 미래에 대해 너무 쉽게 비관하거나 낙관하지 않으면서도 매일 하루를 성실히 살아가는 자세가 중요한 것 같아요. 일상을 잘 회복하는 능력도 필요한 것 같고요.

김나영 앞으로 발표되는 주민현의 시에서 디스토피아적 상상의 영향을 잘 찾아봐야겠어요.

또 다른 질문인데요, 시인님은 시를 쓸 때 나름의 습관 같은 게 있나요? 시를 쓸 때 특정 장소를 선호한다든가, 시를 쓰기 위해 특별한 분위기를 조성한다든가 하는.

주민현 저는 사실 그런 게 없어요. 시를 쓰려고 각을 잡거나 루틴을 갖게 되면 오히려 그것에 갇히는 느낌이라 평범하게 출퇴근 시간에 책을 읽다가 발견한 흥미로운 내용에서 시가 출발하기도 하고, 우연히 떠오른 생각에서 출발하기도 하고요. 아니면 미술관을 자주 가는 편이라 새로운 그림을 보면서 일상이 새롭게 환기되는 느낌을 받기도 해요. 집 안에서는 시를 잘 못 쓰거든요. 집밖을 돌아다니고, 사람들도 만나고, 그냥 소소하게 산책하고 밖을 돌아다니면서 무언가를 쓰게 돼요.

김나영 시를 쓸 때 틈틈이 해둔 메모들이 굉장히 중요하겠네요. 저도 집에서는 일을 잘 못하는 편이에요. 글쓰기 모드가 작동하지 않는달까요. 집 코앞에 있는 카페라도 가야 몇 문장이라도 쓰게 되더라고요.

주민현 네, 핸드폰에 주로 메모를 하고 그걸 가지고 카페에 가서 작업을 하기도 하고 그냥 지하철을 타고 회사를 오가며 고치기도 해요. 카페도 한 번 작업이 잘됐던 데를 다시 가면 또 잘 안되는 편이에요. 잘 안돼서 다른 곳을 찾아 가보고 그래요. 산만한 편이거든요. (웃음)

김나영 맞아요. 카페도 한 곳만 계속 가다보면 그곳이 또 내 집이 되어버리더라고요. (웃음) 다음으로 드리려던 질문이 '주민현의 시는 어떻게 시작되는가'였어요. 어떤 사유와 감각이 어떻게 언어로, 시로 표현되는지 들어보고 싶었는데 질문을 하기도 전에 먼저 대답을 해주신 것 같아요.

주민현 모니터 앞에 앉아서 바로 백지를 맞이하면 힘들어서요. 저를 약간 속이면서 '나는 시를 쓰려고 나온 게 아

겨울

니다'라는 가벼운 마음으로 걸으면서 혼자 생각을 많이 해요. '새로운 빵집이 생겼네? 여기 이전에 있었던 사람들은 어디 갔을까?' 이런 식으로 딴생각에 빠지면서 시가 시작되는 것 같아요. '여기가 재개발 지역이 됐다고 하는데 그러면 앞으로는 여기가 어떻게 바뀔까?' 하는 식으로 생각이 꼬리에 꼬리를 물면서 시가 시작되는 편이에요.

김나영 그렇다면 오래 고민하고 나서는 비교적 수월하게 쓰는 편인가요, 아니면 쓰고 나서도 오래 다듬는 편인가요?

주민현 어떤 시는 한 번에 쓰기도 하고 어떤 시는 오래 걸리기도 하는데요, 주로 여러 날에 걸쳐 메모한 것들을 하나의 시로 엮으면서 그걸 오랫동안 퇴고하는 편이에요.

김나영 이제 본격적으로 겨울의 시소 선정작에 대해 이야기를 나눠볼까요.
「밤은 신의 놀이」가 애초에 특정 지역을 주제로 삼아 쓰인 작품이라 알고 있어요. 시를 쓸 때 주제가 정해져 있으면 오히려 어렵지 않나요?

인터뷰_주민현 × 김나영

주민현 저 같은 경우는 하나의 주제가 정해져 있는 편이 조금은 더 쉬운 편인 것 같아요. 딴생각을 자주 해서 시가 딴 길로 많이 새는 편이라. (웃음) 이 시 같은 경우는 이소연 시인이 진행하는 〈도심시〉라는 팟캐스트에 출연하면서 쓰게 됐는데요. 도봉구의 한 장소를 선정하고, 선정한 장소에 대해서 시를 쓰는 프로그램이었어요. 사실 '사유의 사유'라는 독립서점에 대해서 쓰고 싶었는데, 그전에 출연한 이서하 시인이 써버려서 저는 방학천에 대해 쓰게 됐어요. 제가 초등학생 때까지 방학동에 살았었거든요. 방학동의 방학천과 제가 지금 사는 동네의 탄천을 통해 과거와 현재를 엮어서 쓸 수 있지 않을까 생각이 들어서 방학천에 대한 시를 쓰게 됐어요.

김나영 실제 유년기와 현재를 공간으로 이어 쓴 시여서 "첫 번째 집" "두 번째 집" 같은 표현들도 나온 거군요. 이 시에서 비 온 날 복도에 펼쳐져 모여 있는 우산들의 모습을 보고는 이어서 "탈모는 현대인의 질병이래" 하며 사람들의 동그란 머리를 말하고, 다음으로는 마치 그 머릿속으로 들어가보듯 기억에 대한 사유로 이어지는 부분이 너무 재미있었어요. 이 흐름이 굉장히 매끄럽게 느껴졌고요. 우산에서 머리의 형상으로, 다시 기억으로 사유와 감각이 접히고 펼쳐지는데, 이렇게 진술이나 묘사가 길어지면 되려 전하고자 하는 이야기나 포착하려는 장면이 흐려지는 경우가 많은 반면에 주민현의 시에서는 그런 연상의 방식이 오히려 긴장을 발생시키고 유지하는 힘이 되는 것 같아요. 시를 쓰시면서도 그런 연결이 만들어낼 에너지에 대해 각별히 고려하는지요.

주민현   앞서 말씀드린 것처럼 여러 날에 걸쳐 썼던 산발적으로 흩어져 있는 메모들을 하나의 시로 합치면서 퇴고를 하는 편이어서 서로 연관이 없어 보이는 문장들이 자연스럽게 하나의 시에 섞이는 것 같아요. 또 퇴고할 때 여러 번 소리 내어 읽으면서 하는 편이거든요. 그렇게 하다 보니 서로 연관이 없던 문장들, 상황이 하나로 이어지는 것 같아요.

특히 이 시의 배경이 되었던 건 올여름 말인데요, 올여름에 비가 많이 왔잖아요. 비가 많이 내려서 집앞 탄천의 물이 넘치고 다리가 끊어지기도 하는 걸 보면서 물이 다 넘쳐서 모든 게 하나로 이어지는 상상을 하게 되었어요. 기후 위기와 바이러스가 지속되는 현대와 미래에 대해 생각하고, 이 재난에 대해서도 계속 생각을 하니까 서로 다른 문장인데도 하나의 지점을 향해서 문장이 모이는 면이 있었던 듯해요.

김나영 저는 그 연결이 주민현 시의 강점이라 생각해요. 또 이 시에 "비가 너무 많이 온다면/그 모든 곳이 연결될 거야"라는 구절이 있어요. 바로 여기에 「밤은 신의 놀이」뿐만 아니라 주민현 시 전반을 관통하는 독특한 세계관이 들어 있는 것 같아요. 비가 많이 내리면 나와 너, 각자의 자리가 모두 물과 습기로 덮여버리고 그래서 하나의 공간이 되잖아요. 건조할 때는 동떨어져 연관성 없이 존재한다고 여겨졌던 것들이 눈에 보이지 않는 물의 응집으로 하나의 공간에 속하게 되는 사정을 바라보는 관점 내지는 참신한 함께의 감각이라고 할까요.

주민현 첫 시집을 쓸 때는 연결에 대해서 그렇게 많은 시를 썼다고는 생각을 못 했는데, 첫 시집 이후로 쓴 시들이 코로나 팬데믹 시기에 쓰인 시들이어서 특히 단절과 연결에 대한 이야기들이 많이 나오는 것 같아요. 「전구의 비밀」이라는 시에서는 전구와 전기, 그리고 마을버스로 이어진 사람들에 대한 이야기를 썼거든요. 이 시를 쓰면서는 재난이나 재해 그리고 코로나 같은 것으로도 우리가 다 연결되어 있다는 생각을 했던 것 같아요. 아무리 다 각자 떨어져 있는 사람들이어도 서로 연결되어 영향을 주고받는 존재들이라는 생각이요. 시를 쓰는 일 역시 홀로 쓰는 것이 아니고 어떻게 보면 다른 사람과 연결되는 행위이기 때문에, 평소에 그런 생각을 하던 것들이 이 시에도 반영이 된 게 아닐까 생각해요.

김나영 저는 "너는 어둠 속에 숨겨진 것을 알고 싶어 하네" 같은 구절에서 미묘한 반감 같은 게 느껴지더라고요. 과거나 기억처럼 지나가고 흘러가버려서 어느 정도 상실하고 훼손되기도 한 것들을 굳이 들여다보려는 사람들의 태도, 그러니까 과거나 기억에 대해서라면 무조건 미화하려는 관용적 사고에 대해서요. 그래서 시인님이 의도한 '어둠 속에 숨겨진 것'이 무엇인지 무척 궁금했어요.

주민현 우리의 일상은 되게 매끄럽고 아름답고 평범한 것들로 이루어져 있지만, 그 일상을 한 겹 벗겨보면 우리가 모르는 것들이 많이 있다고 생각해요. 밝은 곳에도 어둠이 있고, 사람에게도 밝은 면도 있지만 어두운 면도 있고요. 저에게 시 쓰기란 바로 그 모두가 바라보는 아름답고 밝은 면과 함께 그 한 겹 아래의 어두운 면을 모두 바라보는 작업이 아닐까 생각하고요. 그래서 시적 진실이라는 것은 매끄러운 일상을 한 겹 벗겼을 때 나타나는 그 무엇을 바라보는 일이 아닐까, 그런 면에서 제목도 그 어둠을 바라보는 작업을 하고 싶다는 이유에서 「밤은 신의 놀이」라고 쓰게 되었어요.

김나영 이 시에 '무엇은 ~라는 뜻'이라는 표현이 반복되는데요. 거기서 단순히 사전적인 정의를 수정하고 보완하려 하기보다는 일반적이거나 상식적이라고 칭해지는 의미나 그것의 작용에 반기를 들고자 하는 화자의 의지가 엿보였어요. 저의 과도한 해석일 수도 있겠지만, 인간에게 유령이 왜 필요한지, 신화 속 여성들이 벌거벗고 있는 이유는 무엇인지를 연달아 묻는 지점에 서는 사회적 약자 내지 여성에 대한 사회문화적 관점의 전환을 꾀하는 것 같기도 했고요. 특히 이 시에서 도드라지는 대상인 유령과 신화 속 여성으로 어떤 의미를 제시하고자 했는지, 혹은 의도하신 이 둘의 공통점이 있다면 무엇인지 궁금해요.

주민현 한 달에 한 번 정도 가까이 사는 시인 친구들과 책모임을 하고 있는 데요. 그 모임에서 『다락방의 미친 여자』(샌드라 길버트·수전 구바, 북하우스, 2022) 『여성과 광기』(필

리스 체슬러, 위고, 2021)『계류자들』(최기숙, 현실문화, 2022) 같은 책들을 함께 읽어나가고 있어요. 유령에 대한 책과 미쳐버린 여자들에 대한 책을 같이 읽으면서 자기 자신으로 존재할 수 없는 여성들, 타자화되고, 유령이 되거나, 미칠 수밖에 없게 된 그런 여자들에 대한 이야기를 써보고 싶었어요. 그래서 자기 자신으로 존재하지 못하는 어떤 존재들을 아까 말씀하신 구절대로 쓰면 어떨까 생각을 하게 됐어요.

모임원들에게 유령이 있다고 믿는지 물어봤어요. 어떤 시인은 '나는 유령이 있다고 믿는다'고 하고, 저는 '유령을 한 번도 본 적이 없고, 유령의 존재를 믿을 수 없다'라고 답했어요. 그런 관점의 차이가 되게 재밌게 다가왔거든요. 유령이 있다고 믿기 때문에 그 사람에게는 유령이 존재하지만, 나에게 없는 것이고, 마찬가지로 여성에 대해서도 여성을 숭배하거나, 혐오하거나, 신화화하고 타자화하는 시선들이 사실은 그 여성을 규정하는 그 사람의 관점이며, 그 여성과는 무관하다는 이야기를 이 시에 녹여서 써보고 싶었습니다.

김나영 무엇이 어떤 필요에 의한 상상이고 그 상상이 일종의 타자화의 방식이라는 게 유령과 신화 속 벌거벗은 여성의 연결과 접점으로 잘 드러난 것 같아요. 그런 맥락

인터뷰 _ 주민현 × 김나영

에서 「밤은 신의 놀이」의 화자는 어둠을 응시하고 작은 것들의 연결에 주목하는 여성 같다고 생각했어요. 이 시에는 크게 두 사람의 시선이 포개져 있어요. 천변을 산책하는 사람이 있고, 그 사람을 포함한 축축하고 어두운 풍경을 내려다보는 또 다른 사람이 있지요. 이 두 사람은 서로 다른 사람일 수도 있고, 한 사람의 다른 모습일 수도 있을 텐데요. 이런 위치성이 신과 인간의 관계를 비유하는 것 같아서 재밌었어요. 유일신과 인간, 필연과 우연 같은 커다란 의미가 아니라 한 사람과 또 한 사람의 자리를 통해서 신이 인간을, 또 인간이 신을 어떻게 사유하고 감각할 수 있는지에 대한 독특한 상상을 보여줄 수 있다는 게 놀랍기도 했고요. 종교적인 차원에서의 신에 대한 믿음을 떠나서 개별의 삶이 보편의 삶과 어떻게 연동하는지를 그렇게도 상상해볼 수 있고, 그게 곧 내가 이 세계에 어떻게 존재하는지에 대한 탐문이 될 수도 있겠지요.

이 시는 흐르는 물가를 걸으며 회상하는 사람과 그 사람이 속한 풍경을 관망하는 사람, 서로 다른 삶에 대한 포착들이 결국에는 하나의 세계를 이루고 있다는 이야기를 무겁지 않게, 하지만 선명하게 제시해주는 것 같아요. 그렇다면 제목의 의미는 어떻게 정리해볼 수 있을까요.

주민현   말씀하신 대로 시에는 두 사람이 나오는데 제가 쓸 때
는 한 사람이었어요. 사실 '나'에 대한 이야기였는데
요. '내'가 물가를 산책하고, 그 아래를 내려다보기도
하고요. 또 '내'가 과거를 살기도 하고, 현재의 내가 과
거를 보기도 하는 것이었는데, 이 시에서는 '나'라는 말
을 쓰고 싶지 않았어요. 인간을 주체적이고 절대적인
위치에 두고 '나'라고 명명하는 것이 거북하게 느껴 져
서 일부러 '너'라고 계속 얘기를 하면서 거리를 뒀거든
요. 그래서 한 명의 사람일 수도 있고, 아까 말씀하신
대로 전혀 다른 두 사람일 수도 있고, 신과 인간일 수
도 있고, 이런 식으로 조금 다양하게 해석의 여지를 열
어두고 싶었어요.

그런 점에서 제목에 대해 이야기하자면 「밤은 신의 놀
이」는 "밤은 신의 놀이/삶과 죽음은 주사위 놀이"라는
연에서 하나의 행을 제목으로 가지고 온 건데, 인간이
절대적이고, 완벽하고, 강한 존재가 아니라 아주 많은
종 중에 하나일 뿐이라는 것이고, 그런 면에서 인간이
그렇게 대단하지 않고 강하지 않은 존재라는 걸 드러
내고 싶어서 제목을 그렇게 짓게 되었어요. 사실 직관
적으로 지은 제목이어서 이것이 많은 의미를 포괄할
수 있는 제목이었으면 좋겠다고 생각했어요. 그리고
인간과 신의 존재가, 아까 말씀하신 대로 신도 그렇게

대단한 존재가 아니고, 인간에게도 신적인 부분이 있고, 신에게도 인간적인 부분이 있고 이런 식으로 관계를 뒤집어 생각하면서 재밌게 쓴 것 같아요.

김나영 제목만 봤을 때는 엄청 거창하다고 생각했는데 읽고 나니 이 시에는 반드시 이 제목이어야 하겠더라고요. 신, 밤, 주사위 놀이 같은 말들이 한 사람의 산책, 사소한 기억들, 그것들이 한 줄로 엮이는 통찰로 자연스럽게 연결돼요. 결국 주민현 시 특유의 연결의 힘을 새삼 느낄 수 있었던 작품이었습니다.

이제 슬슬 대화를 마무리해야 하는 시점이에요. '이 계절의 시소'의 취지가 한 계절 동안 발표된 작품들 중 특히 함께 읽으면 좋을 것 같은 작품을 골라 소개하는 데 있기도 한데요. 그 덕에 이렇게 시인님을 모시고 비교적 최근에 쓰인 작품에 대해 생생한 이야기를 나눌 수 있어서 더 뜻깊은 시간이기도 합니다. 시를 쓰는 입장에서도 아무래도 최근작에 대해서는 대화를 나눌 일이 거의 없을 것 같은데요, 오늘 인터뷰에 참여하신 소감이 궁금합니다.

주민현 그동안은 첫 시집에 대해서 이야기하는 자리가 많았는데, 이제는 조금씩 그다음 단계로 넘어가고 있다는

것이 느껴지는 자리였어요. 앞으로도 더 열심히 써야
겠다는 생각도 하게 되었고요. (웃음) 9월에 시를 발표
하고 바로 이렇게 인터뷰를 하게 돼서 제 시를 읽어주
시는 분들이 있다는 것이 무척 감사했고요. 계속 열심
히 써야겠다는 마음을 다잡는 자리였던 것 같아요.

김나영　좋은 시 써주셔서 역시 감사합니다. 마지막으로 쓰는
일에 관한 계획이 있다면 들어보고 싶어요.

주민현　한 편, 한 편 쓸 때는 그때그때 생각하는 주제나 생각
들을 담긴 하지만, 큰 틀에서는 우리가 살아가는 이 시
대와 미래에 대해서 함께 감각하는 시를 쓰고 싶어요.
그리고 요즘은 직관적으로 깊숙이 다가가는 글을, 가
슴에 바로 와 닿는 그런 시를 쓰고 싶다는 생각을 많이
했습니다. 특히 최근에 나온 진은영 시인님 시를 읽으
면서 든 생각이기도 한데, 많은 사람들과 함께 느끼고
이야기할 수 있는 시를 계속 쓰고 싶습니다.

김나영　주민현 시인의 두 번째 시집도 무척 기대되네요. 응원
하는 마음으로 앞으로 발표되는 작품들도 잘 읽어보
겠습니다. 오늘 이 시간을 귀한 자리로 만들어주셔서
감사합니다.

주민현　이렇게 귀한 자리에 불러주셔서 감사합니다.

김나영
문학평론가

겨울

소설

최진영
소설가. 소설집 『팽이』 『겨울방학』 『일주일』, 장편소설 『당신 옆을 스쳐간 그 소녀의
이름은』 『끝나지 않는 노래』 『나는 왜 죽지 않았는가』 『구의 증명』 『해가 지는 곳으로』
『이제야 언니에게』 『내가 되는 꿈』, 짧은 소설 『비상문』 등이 있다.

홈 스위트 홈

　기억 속 최초의 집에는 우물이 있었다. 평소에는 나무판자로 입구를 덮어두었다가 필요할 때마다 판자를 열고 두레박으로 물을 길어 올렸다. 마당은 흙바닥. 지붕은 검은 기와. 대문은 없었고 외양간인지 창고인지 알 수 없는 작은 별채를 사이에 두고 마당과 골목을 구분했다. 환하고 건조한 날씨가 오래 지속되는 계절에도 우물의 돌덩이에는 초록색 이끼가 피어 있었다. 그리고 노란 민들레. 댓돌과 흙바닥 틈새에, 벽과 벽의 모서리에 뿌리를 내렸던 별 같은 꽃. 비가 그친 어느 날에는 툇마루에 청개구리가 나타났다. 당시 두어 살이던 나의 손바닥보다 작고 깨끗해 보이던 연두색 생명체. 나는 손을 뻗었고 청개구리는 폴짝폴짝 뛰어 사라져버렸다. 나는 울었다. 왜 울었을까? 그때 내가 운 이유는 아무도 모른다. 나조차 잊어서 영영 모를 것이 되었다. 그런 일들에 대해 요즘 자주 생각한다. 분명 일어났으나 아무도 모르는 일들. 기억하는 유일한 존재와 함께 사라져버리는 무수한 순간들. 그런 것들에 무슨 의미가 있나 싶다가도 한 사람의 인생이란 바로 그런 것들의 총합이라고 생각하면 의미가 없을 수만은 없고. 폭우의 빗방울 하나. 폭설의 눈송이 하나. 해변의 모래알 하나. 그 하나가 존재하는 것과 존재하지 않는 것에 무슨 차이가 있을까? 그렇지만 나는 청개구리를 기억한다. 이유를 망각한 나의 울음을 기억한다. 아주 많은 것을 잊으며 살아가는 중에도 고집스럽게 남아 있는 기억이 있다. 왜 남아 있는지 나조차 알 수 없는 기억들. 나의 선택으로 기억하는 것이 아니라 기억이 나를 선택하여 남아 있는 것만 같다. 청개구리가 나를 선택했다.

얼마 지나지 않아 우리는 그 집을 떠났다. 그 집에 새로 들어간 사람들은 지붕과 벽을 허물고 벽돌집을 지었다. 우물을 메우고 마당에 잔디를 깔고 대문을 만들었다. 옛집은 완전히 사라졌다. 몇 년 전, 엄마와 함께 그 집 앞을 지나갈 일이 있었다. 수십 년의 세월만큼 낡은 벽돌집을 가리키며 나는 기와집과 우물에 대한 기억을 불쑥 말했고 엄마는 놀라서 대답했다. 그래, 우물을 중앙에 둔 기역자 형태의 집이 여기 있었어. 하지만 네가 그것을 기억한다는 건 말이 안 돼. 나 역시 말이 안 된다고 생각했지만 기억은 기억. 말이 안 되는 기억이 적지 않은 데다 이제 나는 시간을 이전과 다른 방식으로 해석하므로 말이 안 되는 일도 가능하다고 믿는 편이다. 미래를 기억할 수 있을까? 육체의 눈과는 차원이 다른 정신의 눈이 있어 미래를 보고 기억할 수도 있지 않을까? 나는 인생이 한 방향으로만, 그러니까 책장을 넘기듯 오른쪽에서 왼쪽으로, 현재에서 미래로만 흐른다는 생각을 버렸다. 시간은 인간의 언어. 측정 도구. 약속. 인간이 발명하고 이름 붙인 것. 그러므로 다르게 해석할 수도 있을 것이다. 이를테면 다음처럼.

시간은 발산한다.

과거는 사라지고 현재는 여기 있고 미래는 아직 오지 않은 것이 아니라, 하나의 무언가가 폭발하여 사방으로 무한히 퍼져나가는 것처럼 멀리 떨어진 채로 공존한다. 과거는 사라지지 않는다. 기억하거나 기억하지 못할 뿐. 미래는 어딘가에 있다. 쉽사리 볼 수 없는 머나먼 곳에. 나는 종종 과거와 미래를 헷갈리는 것만 같다. 과거의 일이라고 기억하는 상황을 현재에 그대로 겪을 때가 있으며 미래의 일을 짐작하여 이야기하면 예전에 그런 일이 있었지 않았느냐는 대꾸를 듣는 경험들. 인류가 동시에 과거, 현재, 미래라는 개념을 망각한다면 어떻게 될까. 혼란에 빠질까? 누군가는, 아주 찰나일지라도, 평생 경험한 적 없는 엄청난 자유를 실감할지도 모른다. 출생과 죽음, 성장과 노화, 발생과 소멸을 시간이란 개념 바깥에서 이해하고 싶다. 얼음이 물이 되고 물이 수증기가 되듯 바뀌어 달라지는 것. 시간을 배제하고 변화를 말할 수 있을까. 죽음 다음이 있다면, 어쩌면, 시간에서 해방된 무엇 아닐까.

기억 속에는 이런 집도 있다. 작은 방 하나. 창문이 있다. 불투명한 유리창. 창틀은 갈색. 한쪽 벽을 채운 자개장. 민트 색깔의 낡은 나무 문. 청동색의 동그란 손잡이. 방문을 열면 욕실 겸 주방이 나온다. 벽도 바닥도 잿빛 시멘트. 모퉁이에 작은 싱크대. 양철 문의 오른쪽에 수도꼭지가 있고 쪼그려 앉아 빨래를 하거나 머리를 감기에 알맞은 개수대가 있다. 수챗구멍은 플라스틱 채반

최진영. 홈 스위트 홈

으로 막아두었다. 양철 문 위쪽에는 불투명하고 올록볼록한 유리창이 달려 있다. 유리창 너머는 환하다. 문을 열면 빛이 파도처럼 넘쳐올 듯 밝다. 나는 그 문을 열고 집으로 들어오거나 바깥으로 나간 적이 없다. 그 집에 살지 않았다는 뜻이다. 하지만 나는 그 집을 기억한다. 물에 젖은 시멘트 냄새와 빛바랜 벽지의 거칠한 촉감을 안다. 꿈인가, 꿈에서 보았나 생각하다가 엄마에게 물어본 적이 있다. 엄마는 놀라며 대답했다. 엄마가 신혼일 때 그런 집에서 잠시 산 적이 있다고. 그러므로 네가 그 집을 기억하는 건 말이 안 된다고. 그즈음 엄마는 나에 관하여 '말이 안 된다'는 말을 자주 했다. 때로 나는 그 말을 이해했고 어느 때는 상처 받았으나 (사랑하기 때문에) 미안하다고, 하지만 이게 나의 최선이라고 소용없는 사과를 건넸다. 또 다른 때는 지쳐서 대꾸했다. 그만해, 엄마. 어디에서 어떻게 죽을지는 내가 결정해. 내 삶이고 내 죽음이야.

*

일하기에 편한 옷과 챙이 넓은 모자를 챙기고 있을 때 초인종이 울렸다. 현관문을 열자 엄마가 서 있었다.

뭐야. 비번 알려줬잖아.

내 집도 아니고, 남의 집에 그렇게 들어가는 건 경우가 아니지.

남의 집?

너도 앞으로 우리 집 올 때 초인종 눌러.

초인종 달았어?

물어보면서 생각했다. 백자가 없어서 초인종을 달았나. 누군가 대문 앞을 서성이는 기척이 있으면 백자는 꼭 서너 번씩 짖었다. 그 소리에 엄마는 재미삼아 사람 말을 붙이곤 했다. 오지 마. 저리 꺼져. 반가워. 누구야. 어서 오게. 백자는 엄마와 15년 가까이 살았고 서너 달을 앓다가 죽었다. 백자가 죽고 몇 주가 지난 뒤에야 엄마는 나에게 '백자가 떠났다'고 어렵게 소식을 알렸다. 엄마는 백자를 무명으로 감싸서 마당의 감나무 근처에 깊이 묻었다고 했다. 그 말을 들으며 나는 죽음 이후에 남을 나의 시체를 생각했다. 사람들은 시체가 마치 나인 것처럼 생각하며 장례를 치르겠지. 시체는 정말 나일까? 내가 나의 시체까지 처리할 수 있다면 좋을 텐데. 백자는 흙이 될까? 그 자리에 무언가가 피어날 수도 있을까? 당신의 땅에 백자를 묻은 엄마의 마음을 나는 이해했다. 그러니 엄마 또한 내 마음을 이해하고 있을지도 모르지. 이해하면서도 이해하려 하지 않는 그 마음을 나 또한 모른다고 말할 수는 없고.

발코니에서 소형 예초기를 꺼내오는 나를 보고 엄마가 물었다.

그걸 돈 주고 샀어?

당연한 걸 물어봐서 대답하지 않았다. 엄마가 예초기를 뺏어들려고 했다. 아니, 엄마는 저거 들어줘. 식탁에 올려둔 가방을 눈짓으로 가리키며 말했다. 간식으로 먹을 사과와 떡, 보리차를 넣

　　　　　　　　　　　　　최진영. 홈 스위트 홈

어둔 가방이었다. 엄마는 내 손에서 예초기를 뺏어 들고 먼저 집을 나섰다.

공동현관을 나서며 엄마의 자동차를 찾아 주변을 둘러봤다. 엄마는 주차장 끄트머리의 소형 트럭으로 다가가 짐칸에 예초기를 실었다. 짐칸에는 낫, 호미, 삽, 옥외용 쓰레받기 같은 장비와 함께 다른 예초기가 이미 실려 있었다. 내가 산 것보다 훨씬 크고 성능이 좋아 보였다. 트럭에 올라타며 엄마에게 물었다.

웬 트럭?

잠깐 빌렸어.

예초기도?

인부를 부르면 좀 좋아.

시동을 걸며 엄마는 못마땅하다는 듯 말했다.

힘든 일은 당연히 전문가한테 맡기지. 근데 이 정도는 내가 하고 싶다고.

땡볕에 풀 뽑는 게 보통 힘든 줄 알아?

일단 해보고…… 주말에 어진이랑 마저 하기로 했어.

돈이 없어 그러는 거면 내가 준다니까.

엄마는 좋겠다. 돈 많아서.

내가 무슨 돈이 많아.

뭔 일만 있으면 돈 준다니까 하는 말이지.

준다는 돈을 좀 받아서 쓰면 안 돼?

아, 엄마는 노후 생각 안 해?

엄마는 입을 다물고 일정한 속도로 트럭을 몰았다. 라디오에서 흘러나오는 옛 노래를 듣다가 나는 동생 부부의 안부를 물었다. 엄마의 형제자매들과 성당 사람들의 안부도 생각나는 대로 물었다. 누구는 신장이 좋지 않아 입원했고 누구는 요즘 손주를 보살피느라 정신이 없고 누구는 누구랑 사이가 틀어져서 엄청 속을 태운다는 이야기를 듣다가 깜빡 잠이 들었다. 눈을 떴을 때 차는 멈춰 있었다. 차창 밖으로 눈에 익은 풍경이 보였다. 엄마는 핸들에 이마를 기댄 채 눈을 감고 있었다. 나는 엄마의 옆얼굴을 가만히 바라봤다. 나와 가장 닮은 사람. 내가 나이 들면 저런 얼굴이겠지. 미래를 보고 있는 것만 같았다. 엄마가 눈을 떴다. 우리는 말없이 서로를 바라봤다. 엄마는 나를 보며 과거를 생각할까?

괜찮겠어?

엄마가 물었다. 나는 고개를 끄덕였다. 트럭에서 내려 기지개를 켜며 폐가를 바라봤다. 내 키만큼 웃자란 채 마당을 가득 메운 잡초 때문에 집의 외관은 거의 보이지 않았다. 모자와 마스크와 목장갑과 장화를 착용한 뒤 엄마와 힘을 합쳐 짐칸의 예초기를 바닥으로 내렸다. 엄마는 낫을 들고 마당의 가장자리 풀부터 능숙하게 베어냈다. 엄마에게 다가가 바꾸자고 했다.

뭘 바꿔?

나 저거 다룰 줄 몰라.

예초기를 가리키며 말했다.

할 줄도 모르는 일을 하겠다고 나선 거야?

최진영. 홈 스위트 홈

엄마한테 배우려고 했지. 어차피 여기서 살면 예초기 계속 쓸 테니까.

엄마 표정이 조금 환해졌다. 엄마는 낫으로 안전하게 풀 베는 방법부터 가르쳐줬다. 엄마는 나를 영영 이해하지 못할 수도 있다. 이해하지 못한 채로도 이렇게, 도대체 말이 안 된다고 하면서도 나보다 먼저 무언가를 말이 되게 할 것이다. 엄마가 알려준 대로 낫질을 반복하는데 엄마가 나를 불렀다. 예초기를 가리키며 이리 와서 보고 배우라고 했다.

*

태어나서 지금까지 내가 실제로 거주한 집은 대략 열일곱 채. 거주한 적은 없으나 기억하는 집까지 더하면 스무 채. 열일곱 채 중 여덟 채는 내가 미성년이었던 때 부모와 살던 집. 성인이 되어 나의 이름으로 계약한 집은 아홉 채. 스무 살 때 서울 생활을 시작하면서 대학교 기숙사에서 1년을 살았다. 두 명이 함께 사용하는 방이었지만 어쨌든 돈을 지불하고 내 이름으로 빌린 공간이었다. 대학 2학년 때부터 자취를 시작했고 자주 이사했다. 보증금 300만 원에 월세 30만 원, 창문 없는 고시원, 보증금 500만 원에 월세 40만 원, 보증금 1000만 원에 월세 60만 원, 보증금 3000만 원에 월세 40만 원, 보증금 5000만 원에 월세 40만 원, 전세보증금 8000만 원……. 서울에서 김포로, 김포에서 수원으로, 수원에서 평택으로. 거주지의 환경과 대여료는 매번 달랐으나 방의 구조나 형태는 비슷했다. 10평 남짓한 하나의 방. 싱크대를 머리맡이나 발밑에 두고 냉장고 소리를 듣다가 잠들던 날들.

삼십대 중반에 어진을 만나 동거를 시작했다. 간소하다고 생각했던 각자의 짐을 하나의 집으로 모으니 집은 더 좁아졌고 우린 가진 것을 계속 버려야 했다. 창밖으로는 다른 집의 창이 바투 보여서 늘 커튼을 치고 살았다. 이웃의 웃음과 울음, 다툼과 화해, 사랑과 비극이 어렴풋이 들렸다. 나도 모르게 숨소리를 죽이고 이웃의 소리에 집중하고 있음을 깨달은 어느 날은 큰 죄를 지은 것만 같아 수치스러웠다. 어진과 나의 생활도 그렇게 노출되었겠지. 이후 보지 않더라도 텔레비전을 켜두는 습관이 생겼다. 텔레비전 속 요란한 수다나 웃음소리에 스트레스를 받으면 클래식이나 종교 방송으로 채널을 바꿨다.

동거 생활 3년에 접어들면서 우리 사이는 위태로워졌다. 야근과 회식으로 애사심을 강요하는 조직 분위기와 강압적이고 말 많은 상사 때문에 어진은 단단히 지쳐 있었고, 지쳐서 짜증이 늘어가는 어진에게 나도 지쳐갔다. 신경질적인 다툼과 개운치 않은 화해를 반복하던 끝에 우리는 결론을 내렸다. 우리에게 필요한 건 이별이 아닌 변화라고. 우리는 서로를 버릴 수 없었다. 그래서 도시를 버리기로 했다. 직장을 옮기는 것처럼 어느 한 사람의 변화만으로는 부족했다. 우리를 둘러싼 분위기 자체를 새롭게 바꿔야 했다.

최진영. 홈 스위트 홈

서로 가진 돈을 합쳐 충청남도 보령의 작은 빌라로 이사했다. 앞뒤 창으로 계절마다 색이 변하는 뒷동산과 멀리, 아주 멀리 구름처럼 희뿌연 해수면이 보이는 집이었다. 어진은 출퇴근 시간이 명확하고 주말과 법정공휴일에는 틀림없이 쉴 수 있는 일을 구했다. 이전보다 수입은 줄었으나 생활에는 여유가 생겼다. 나는 일러스트 작업을 계속했다. 중요한 미팅이 있을 때만 서울에 다녀오고 집에서 작업하는 일상은 변함없었으나, 밤낮 가리지 않던 작업 시간을 정오에서 저녁 6시까지로 한정했다. 그런데도 수입에는 큰 차이가 없었다. 피로, 교통체증, 소음, 수면 부족, 무기력감, 느닷없이 솟구치는 분노와 인간에 대한 환멸에서 우리는 조금씩, 어긋나듯 비껴갔다. 환기가 수월한 집에서 저녁 시간을 함께 보낼 수 있게 되자 외식이나 배달음식으로 끼니를 때우는 일이 줄었다. 우리의 가장 중요한 주제는 '저녁에 무엇을 만들어 먹을까'로 바뀌었다. 함께 만든 음식을 하얀 그릇에 담아서 같은 방향을 바라보며 천천히 먹다가 시원한 보리차를 마시면, 물이 정말 달았다. 정성스럽게 만든 음식을 먹으면서도 '물이 제일 맛있다'는 말을 주고받으며 우리는 실없이 웃곤 했다.

그 집에서 사십대가 되었다. 나는 무슨 일이든 어진과 상의할 수 있다고, 곤란하고 힘든 일도 함께 겪어낼 수 있다고 믿었다. 사고가 나면 수습하고, 싸우면 화해하고, 고장 나면 고치고, 잃어버리면 같이 찾고, 상대가 악몽에 갇혀 있을 때는 작은 소리로 이름을 부르고 또 불러 서로를 천천히 구원하는 일상. 나에게 미래란 내일이었다. 내일도 오늘과 별반 다르지 않으리라는 기도와 같은 기대만으로 충분했다. 나는 미래를 걱정하지 않았다.

어느 주말, 점잖은 옷차림에 난초 화분을 껴안고 엄마가 찾아왔다. 화분을 건네주며 엄마는 말했다. 적당히 관심을 주면 꽃이 필 거다. 엄마는 풍광이 좋은 한식당을 예약해두었다고, 같이 밥을 먹으러 가자고 했다. 조용하고 환한 룸에 앉아 후식까지 다 먹은 다음 엄마는 테이블 건너편의 협상가처럼 제안했다. 결혼식이 정 번거롭고 무의미하다면 혼인신고라도 하라고. 그건 결혼식처럼 돈이 들지도 복잡하지도 않고 서류 한 장만 내면 끝이라고. 나는 알겠다고 대답했으나 바로 실천에 옮기지는 않았다. 급하지 않다고 생각했다. 그리고 얼마 지나지 않아 암 진단을 받았다. 어진은 혼인신고를 미룬 것을 울면서 후회했다. 나는 울지 않았다. 후회하지도 않았다. 나는 여전히 그것을 미루면서 병이 다 나으면 하자고 어진을 설득했다. 수술하고 치료만 잘 받으면 금방 나을 거라고 믿었으니까. 어진과 엄마는 나보다 더욱 확신했다. 엄마의 지인 중에는 암에 걸린 뒤 완치 판정을 받은 사람이 몇 있었다. 우리는 그들의 결과에만 집중했다. 병을 극복했다는 경험담에만 귀를 기울였다. 당시 우리에게 완치를 제외한 모든 경우는 실패였다. 죽음은 비극이었다. 그때는 그랬다.

최진영. 홈 스위트 홈

*

　수술과 항암 종료 후 1년도 지나지 않아 재발. 그리고 다시 2차 재발. 재발 확률이 높은 병이란 건 알고 있었다. 그러나 엄마도 어진도 나도, 불길한 징조를 막으려는 사람들처럼 높은 확률의 재발 가능성에 대해서는 대화하지 않았다. 의사는 3차 재발을 경계해야 한다고 당부했다. 죽음이란 검은 구멍이 한 발 앞에 있는 것 같았다. 한 발 뒤에도, 한 발 옆에도. 죽음은 두려웠다. 고통에 짓눌릴 때는 차라리 죽는 게 나을 것 같았다. 고통을 대가로 몇 주 혹은 몇 달을 사들이는 것만 같았다. 내가 피하려고 하는 것이 고통인지 죽음인지도 알 수 없었다. 나는 강한 사람이 아니었다. 아니, 거듭되는 치료와 재발을 겪으며 강함을 다 써버렸다. 재발하지 않으리라는, 내가 낮은 확률에 속하리라는 것과는 다른 차원의 믿음이 필요했다. 회복, 차도, 건강에 대한 염원, 기적을 바라는 기도, 나의 상태를 나타내는 숫자 바깥에 있고 싶었다.

　건강이란 뭘까. '건강하다'는 어떤 상태일까. 건강과 죽음은 큰 연관이 없다. 건강해도 죽을 수 있고 건강하지 않아도 오래 살 수 있다. 십대 때는 두통과 변비를, 이십대 때는 두통과 위통과 생리통과 변비를, 삼십대 때는 위통과 생리통과 어깨의 만성적 결림과 이석증으로 인한 어지럼증과 불면을 자주 겪었다. 환절기마다 감기에 걸렸고 언제나 피곤했다. 가스레인지 불과 전기장판을 껐는지, 욕실의 수도꼭지를 잠갔는지, 현관문을 제대로 닫았는지

　　　　　　　　　　　　　　　　　　　　　　　겨울

확신할 수 없어 집을 나설 때마다 불안했다. 사람과의 관계에서도 혹시 오해를 부를 만한 행동을 했을까 봐 걱정이 많은 편이었다. 일을 할 때도 불안과 강박이 심해 같은 것을 수차례 확인하느라 스트레스를 받았다. 나의 성과나 실력을 스스로 불신했고 매사 죄책감이 컸다. 만성적 통증과 적당한 피로, 자잘한 스트레스와 타고난 성격이랄 수 있는 예민함. 그러니까 나는 대체로 건강한 편이었다. 말기 암 진단을 받기 전까지는.

내 잘못이라고 생각했다. 내가 건강을 제대로 관리하지 못해서라고. 나의 생활방식, 식습관, 성격을 하나하나 따져보며 문제점을 찾으려고 했다. 커피를 너무 많이 마셨나. 즐겨 마시던 와인이 문제였나. 유산소 운동을 했어야 했다. 인스턴트 음식 때문인가. 잡곡밥을 먹었어야 했나. 남들처럼 영양제를 챙겨 먹었어야 했나. 일을 줄였어야 했나. 걱정 많은 성격이 문제였나. 병에 걸린 이유를 찾기 위해 생각에 생각을 거듭할수록…… 터무니없었다. 커피와 술을 마셔도 암에 걸리지 않는 사람들이 많다. 걱정 많은 성격을 고치려다가 더 큰 스트레스를 받았을 것이다. 병을 겪으며 새삼스럽게 깨달았다. 세상에는 건강 관련 정보가 넘치도록 많다는 것을. 당장 사먹지 않으면 큰일 날 것만 같은 식품들, 보조제들, 항암 작용과 면역력 증진과 노화 예방에 좋다는 각종 제품에 대한 콘텐츠를 멍하니 쳐다보고 있으면…… 내가 뭔가를 잘못했기 때문이라는 자책을 지울 수가 없었다.

몸을 고치려는 치료가 아니라 고통 속에서 서서히 죽이려는

최진영. 홈 스위트 홈

계획이 아닐까 하는 망상에 사로잡힐 만큼 지친 상태로 병원 로
비를 지나갈 때였다. 느닷없이 날아온 누군가의 말이 나를 후려
쳤다. 아직 젊은 사람이 대체 어떻게 살았으면 그런 병에 걸리
냐. 반사적으로 고개를 돌렸다. 중년 남녀 네 명이 테이크아웃 잔
에 담긴 음료를 마시고 있었다. 이제 웬만한 암은 초기에 발견해
서 금방 고칠 수 있다던데. 백세시대란 말이 괜히 있나. 건강검진
만 제때 받아도 아플 일이 없지. 요즘처럼 좋은 세상에 자기관리
만 제대로 했어도 그 지경까지 안 갔을 텐데. 딱하다는 듯 혀를
차면서 그들이 주고받던 말. 아픈 사람에게 책임을 묻는, 네가 아
픈 건 모두 네 탓이라는 그 말들. 그들은 어쩐지 뿌듯해하는 것처
럼 보였다. 그리고 확신하는 것 같았다. 자신은 절대 아프지도 병
들지도 않을 거라고. 나는 지쳐 있었다. 소리를 지르거나 울 힘도
없을 만큼 고통에 묻혀 있었다. 그들에게 다가가 발을 구르며 아
픈 사람들 천지인 이곳에서 제발 말조심하라고 경고하고 싶었지
만, 사지가 고통에 파묻혀 꼼짝할 수도 없었다. 그때 나는 잠시
지옥에 서 있었다. 인간들의 지옥. 그들의 말은 나의 자책과 다르
지 않았다. 내 잘못을 찾는 방법으로 난 무엇을 얻고 싶었던 거
지? 아프다는 이유로 잘못 산 사람이 될 순 없었다. 어디선가 익
숙한 멜로디가 흘러나왔다. 기계의 알림 또는 경고음 같았다. 나
는 그 멜로디의 가사를 어릴 때부터 알고 있었다. 배운 기억도 없
이 저절로 외우고 있었다. 즐거운 곳에서는 날 오라 하여도 내 쉴
곳은 작은 집 내 집뿐이리. 어서 집으로 돌아가고 싶었다. 그러나

그 집은 아직 없었다.

*

나는 죽어가고 있다. 살아 있다는 뜻이다. 죽음을 죽음 자체로 두기 위해 오래 바라볼수록 두려움보다 슬픔이 커졌다. 두려움은 막연했으나 슬픔은 구체적이었다. 거기 나의 희망이 있었다. 슬픔을 위해서 움직일 힘이라면 아직 남아 있었다.

미래를 기억할 수 있을까?

3차 재발한다면 화학적 치료는 하지 않겠다고 어진에게 말했다. 어진은 재발할 일은 없을 거라고 대답했다. 재발 확률은 70퍼센트. 내가 30퍼센트에 속할 수도 있다는 희망에는 70퍼센트만큼의 절망이 깃들어 있었다. 나는 재발의 가능성을 먼저 생각한다고 대답했다.

그럼 또 치료하면 돼. 지금까지 잘해왔잖아.

이제 항암은 하지 않을 거야.

그건 의사가 결정할 일이야. 새로운 약도 많이 나오고 있다잖아.

의사는 선택지를 주는 거야. 결정은 내 몫이고.

내성 생기면 다른 약 쓰면 되니까 포기하지 말자.

물론이야, 나는 포기하지 않아.

나는 선택하고 싶었다. 나의 미래를. 나의 하루하루를. 살고 싶다는 생각이 아닌 살아 있다는 감각에 충실하고 싶었다. 내가 원하는 치료는 그런 것이었다.

내가 말한 적 있나?

나는 어진에게 살아본 적은 없으나 기억하는 집에 대해, 기억한다고 말하는 건 말이 안 되는 집에 대해 말했다. 그리고 노트를 펼쳐 주택 평면도와 입체도를 그렸다.

이 집도 그중 하나야.

그림은 단순했다. 기역자 형태의 단층 주택. 본채에는 기차의 객실처럼 침실, 거실, 주방이 나란히 이어진다. 침실과 거실 앞에 툇마루가 있고 주방 앞에는 댓돌이 있다. 주방의 오른편, 동쪽방향에 별채가 있다. 본채와 별채 사이 라일락나무. 마당의 서쪽에는 텃밭이 있다. 담을 대신하는 사철나무와 낮은 대문. 거실 앞의 툇마루를 가리키며 말했다.

비 오는 날 여기에 앉아 부추전을 만들어 먹었어. 텃밭을 가리키며 이어 말했다. 이 텃밭에서 부추를 가위로 잘라 와서.

어진이 물었다. 언제?

나는 대답했다. 미래의 어느 여름날.

주방 앞을 가리키며 덧붙였다. 여기에 하얀 꽃이 피어날 거야. 구절초나 마거리트 같은. 내가 씨앗을 뿌린 기억은 없지만.

어진이 대답했다. 그런 꽃은 저절로 피어나기도 해.

나는 고개를 끄덕이며 중얼거렸다. 그래. 저절로 피어도 좋겠다.

어진이 물었다. 지붕은 무슨 색이야?

하늘색.

텃밭에는 무엇을 키워?

초록색과 빨간색들.

대문은?

노란색.

좋다. 부추전 말고 또 뭐가 있어? 무언가를 먹은 기억.

콩국수. 채 썬 오이랑 당근 얹어서. 눈이 많이 내리는 날에는 김치볶음밥. 계란 지단 얹어서.

잠시 그림을 바라보다 말했다.

나는 이 집에서 죽어.

그 순간, 내 주변 어딘가에 분명히 존재하는 미래와 희망을 느꼈다.

그럼 나는?

어진이 눈물을 닦으며 물었다.

나와 같이 여기서 살지.

이 집은 어디에 있어?

완치하리라는 희망보다 훨씬 단단한 확신을 담아 대답했다.

이제 우리가 찾아낼 거야.

*

읍사무소에 미리 연락해서 연결해둔 수도로 마당에 물을 뿌려 먼지를 잠재웠다. 풀을 다 베어내고 뿌리까지 뽑아 정리하는 데

최진영. 홈 스위트 홈

사흘이 걸렸다. 무엇을 어떻게 해야 하는지 엄마를 보고 많이 배웠다. 훤히 드러난 폐가 앞에서 엄마와 나는 한동안 아무 말도 하지 않았다. 다양한 새소리가 들렸다. 무성한 나뭇잎이 바람에 휩쓸리는 소리도. 엄마가 먼저 폐가로 들어섰다. 무너져가는 집을 살펴보며 엄마의 표정은 점점 심란해졌다. 나는 엄마를 따라다니면서 설명했다. 여기서부터 여기까지 침실로 만들 거야. 이 벽을 이만큼 터서 넓은 창을 낼 거야. 여기까지가 거실이고 저기는 주방으로 쓸 거야. 주방에서 설거지나 요리를 하면서 뒷산을 바라볼 수 있도록 기다란 창을 낼 거야. 서까래는 최대한 살려달라고 할 거야.

바닥이 무너질까 겁내는 사람처럼 조심스럽게 걸으며 곳곳을 살펴보던 엄마가 불쑥 물었다.

너 키가 몇이지?

엄마랑 비슷하잖아. 160 정도?

그럼 넌 언제 138이었나.

엄마가 바라보는 문틀에는 먼저 살았던 사람의 흔적이 남아 있었다. 볼펜의 촉처럼 뾰족한 도구로 새겨놓은, 아래서부터 시작한 키 재기 흔적. 숫자는 95에서 시작해 138에서 끝났다.

모르지. 나는 작은 편이었으니까 중학생 때일 수도 있어.

네가 작은 편이었어?

응. 늘 앞자리에 앉았는데.

그럼 언제 제일 많이 컸나?

겨울

눈에 띄게 자란 적은 없어. 조금씩 야금야금 자랐을걸.

엄마는 허공을 바라보며 무언가를 생각하다가 물었다.

12센티미터면 어느 정도지?

여기, 이 정도겠지.

문틀에 새겨진 숫자 125에서 138까지를 가리키며 대답했다. 나의 엄지와 검지 사이 간격을 물끄러미 쳐다보다가 엄마는 중얼거렸다.

누군지 몰라도 한 번에 많이도 컸네. 훌쩍 크려면 아팠을 텐데.

갑자기 크면 아픈가?

너도 자다가 깨서 팔다리 아프다고 울고 그랬어.

그런 기억은 없다. 중학생 때 어울려 놀았던 친구들, 고민들, 즐거웠던 일도 거의 기억나지 않는다. 대신 도시락 반찬의 맛은 기억한다. 그때는 집에서 도시락을 싸가야 했다. 점심시간이면 서너 명이 둘러앉아 책상에 도시락을 두고 서로의 반찬을 나눠 먹었다. 친구 중 한 명의 동그란 반찬통과 그 안에 들어 있던, 케첩을 머금은 꼬마돈가스 맛이 아주 생생하게 떠올랐다. 그건 당시 엄마가 만들어주던 후추 향이 강하고 넓적한 돈가스와 매우 다른 맛이었다. 친구의 반찬이므로 나는 그것을 딱 한 개만 먹을 수 있었다. 다음 날부터 점심시간에 친구가 반찬통을 열기 직전이면 심장이 빨리 뛰었다. 나는 속으로 주문을 외웠다. 나와라, 꼬마돈가스. 꼬마돈가스는 가끔 나왔다. 그래서 나는 주문 외우는 버릇을 버릴 수 없었다. 이런 기억은 오직 나만 아는 것. 나만 기억하다가 나와 함께 사라지는 것.

집 뒤쪽의 작은 창문 하나는 깨지지 않은 채였다. 먼지가 더께 앉은 유리에 야광별 스티커가 여러 개 붙어 있었다. 부착용이 아닌 판박이 스티커였다. 문틀에 뒤통수를 대고 키를 쟀던 아이가 붙였을까. 그 전이나 뒤에 살던 다른 아이가 붙였을까. 누구든 이제는 아주 높은 확률로…… 어른이 되었겠지. 기억하고 있을까? 야광별 스티커를 붙이던 순간의 마음을, 잠들기 전 야광별을 바라볼 때의 그 마음을.

말끔하게 정리된 마당을 다시 한 번 둘러보고 트럭에 타면서 엄마는 말했다. 집을 어떻게 고치겠다는 건지 모르겠지만 지금 같아서는 귀신 나올까 무섭다고. 나는 물었다. 엄마는 귀신을 겪어봤어? 엄마는 살면서 사람들에게 들었던 기묘한 이야기를 전해주었다. 할머니가 전쟁 중에 봤다는 아픈 귀신들. 어릴 적 이웃집에서 벌였던 굿판. 동네의 빈집에서 새어나오던 노랫소리. 바람도 불지 않던 밤 갑자기 넘어져 깨져버린 화분. 엄마의 이야기를 들으며 생각했다. 귀신이 죽은 자의 영혼이라면 그들은 그저 나타나거나 노래하거나 화분을 깨트릴 뿐. 그저 그뿐. 나도 귀신을 무서워했던 적이 있었다.

엄마는 영혼을 믿어?

엄마는 으스대는 시늉을 하며 대답했다. 나 성당 다니는 사람이야.

나는 웃으며 물었다. 그거 주말에 하는 취미 활동 같은 거 아니었어?

엄마는 진지하게 대답했다. 내가 요즘 기도를 얼마나 열심히 하는데.

나는 웃음을 거두고 다시 물었다. 그래서 엄마는 영혼을 믿어?

두 손으로 핸들을 잡고 구부정한 자세로 한동안 정면만 바라보던 엄마가 혼잣말처럼 대답했다. 그건 사람이 믿고 말고 할 문제가 아니야. 핸들을 부드럽게 왼쪽으로 돌리며 덧붙였다. 어쨌든 나는 반가워서 말을 걸 거야. 네 영혼이 나타나면 너무 반가워서. 돌이켜보면, 엄마는 그때 처음 받아들인 것 같다. 말도 안 돼, 말도 안 된다는 말로 밀어내던 높은 확률의 미래를.

그럴 일은 없어. 엄마.

그러나 나는 엄마를 기다리는 사람으로 두고 싶진 않았다.

나는 영혼만 남기고 갈 생각 없거든. 내 몸이 죽으면 내 영혼도 죽는 거야. 그러니까 죽은 나를 위해서 기도하고 봉헌하고 그런 거 절대 하지 마.

나쁜 년.

엄마가 말했다.

이럴 때보면 넌 진짜 지독하게 나쁜 년이야.

*

폐가를 고쳐서 살겠다는 나의 계획을 들었을 때도 엄마는 말

최진영. 홈 스위트 홈

도 안 된다고 했다. 아픈 사람일수록 생활이 편리하고 큰 병원이 가까이 있는 도시에 살아야 한다고, 병을 고칠 생각은 하지 않고 어째서 시골의 다 쓰러져가는 집에 기어들어갈 생각을 하는 거냐고, 불길하다고, 제발 정신을 차리라고 말했다. 그러면서도 지인들에게 연락해서 매매 가능한 폐가나 주택 부지를 알아봐달라고 부탁했다. 엄마의 지인들은 다시 지인들에게 부탁했다. 같이 폐가를 보러 다니면서도 엄마는 이건 말도 안 되는 짓이라고 했다.

나는 병원 침대에서 죽고 싶지 않아. 집에서 죽고 싶어.

왜 죽을 생각부터 해. 병원에 가면 살 수 있는데.

살 수 있다는 생각만 하다가 죽고 싶진 않단 말이야. 나는 내가 할 수 있는 일을 하려는 거야.

네가 할 일은 건강을 되찾는 거야.

건강을 어디 맡겨둔 것처럼 말하지 마.

아픈 사람이 어떻게든 나을 생각을 해야지.

아픈 사람이란 말 좀 그만해, 엄마. 나는 나을 수 없을지도 몰라. 하지만 더 행복해질 수는 있어.

우리는 차 안에서 자주 다퉜다. 다투지 않을 때는 하나마나한 말이지만 하고 나면 이상하게 마음이 편안해지는 말을 나눴다. 산을 보면 산이 참 높다고, 바다를 보면 바다가 참 넓다고, 꽃을 보면 꽃이 참 곱다는 말들. 그리고 어느 날엔 이런 이야기들. 사전연명의료의향서를 쓸 거야. 자연스럽게 떠날 수 있도록 두라는 뜻이야. 내 몸에 어떤 튜브도 넣지 말고 나를 살리겠다고 나의 가습을 짓누르지도 말란 뜻이야. 엄마, 잘 기억해. 나는 꼭 작별 인사를 남길 거야. 마지막으로 내가 한숨을 쉬면 그건 사랑한다는 뜻이야. 비명을 지르면 그건 사랑한다는 뜻이야. 간신히 내뱉는 그 어떤 단어든 사랑한다는 뜻일 거야. 듣지 못해도 괜찮아. 나는 사랑을 여기 두고 떠날 거야. 같은 말을 어진에게도 했다. 사랑을 두고 갈 수 있어서 나는 정말 자유로울 거야. 사랑은 때로 무거웠어. 그건 나를 지치게 했지. 사랑은 나를 치사하게 만들고, 하찮게 만들고, 세상 가장 초라한 사람으로 만들기도 했어. 하지만 대부분 날들에 나를 살아 있게 했어. 살고 싶게 했지. 어진아, 잘 기억해. 나는 이곳에 그 마음을 두고 가볍게 떠날 거야. 그리고 하나 더.

*

우리가 찾던 집은 야산을 등진 작은 마을의 끄트머리에 방치되어 있었다. 1934년 건축물대장에 최초 기록된 집이었다. 마을에 들어설 때부터 느낌이 좋았다. 마을 초입의 오래된 떡갈나무와 그 너머로 펼쳐진 밭, 모퉁이를 돌면 나타나는 초등학교와 마을의 삼거리에 있는 작은 슈퍼도 낯설지 않았다. 문과 창은 파괴되었으며 벽과 지붕은 오래되어 삭았으나 집을 받치는 기둥만큼은 튼튼해 보였다. 본채와 창고가 기역자 형태로 있어 내가 그린 평면도처럼 개조할 여지도 있었다. 마을 초입에서 사오십 분 정도 걸으면 서쪽 바다에 닿을 수 있었다. 보령에서도 멀지 않아 어

최진영. 홈 스위트 홈

진이 새 직장을 구하지 않아도 된다는 점도 좋았다.

벽과 지붕을 철거하기 전, 키 재기 흔적이 남아 있는 문틀과 야광별 스티커가 붙어 있는 유리창은 절대 버리지 말아달라고 업체에 당부했다. 그런 흔적은 나에게 '나와라, 꼬마돈가스'와 비슷했다. 내게 남은 기억. 나와 함께 사라질 기억. 나는 육체이고 이름이며 누군가의 무엇이다. 그러나 그보다 깊은 영역에서, 나란 존재는 나만이 알고 있는 기억의 합에 더욱 가까웠다. 사람들이 말하는 영혼이란 기억의 다른 이름인지도 모른다. 사람은 떠났고 집은 버려졌어도 거기 흔적이 남아 있었다. 그런 것을 폐기물로 처리하고 싶지 않았다.

전문가들은 지붕과 벽의 부식된 곳은 조심스럽게 허물고 살릴 수 있는 부분은 최대한 살렸다. 창을 낼 곳을 뚫고 낡은 수도관을 교체하고 전기선 작업을 마친 다음 벽에 석고를 발랐다. 바닥을 모두 걷어내고 보일러 배관을 깔고 시멘트로 덮었다. 엄마는 매일 현장에 나갔다. 사람들을 도와 자재를 나르고 폐기물을 치우고 적극적으로 의견을 내는 엄마는 나보다 훨씬 젊어 보였다. 엄마는 '말도 안 된다'는 말을 더는 하지 않았다. 대신 이런 말을 했다. 너는 추위를 많이 타니까 단열재를 신경 써야 해. 휠체어를 탈 수도 있으니 기둥이나 문턱을 없애고 슬라이딩 도어로 바꾸는 건 어때. 벽을 따라 지지대를 만들어두면 나중에 늙어서 쓰기에도 좋을 거야. 미끄러운 타일은 안 돼. 창문을 리모컨으로 작동하게 할 수는 없을까. 더는 나를 '아픈 사람'이라 칭하지 않으면서도 엄마는 내가 더 아플 경우를 대비하려 했다. 더 나아지진 않으리란 나의 생각은 더 나빠지진 않으리란 생각으로 변하고 있었다.

공사를 도우며 집안 곳곳에서 여러 물건을 주웠다. 플라스틱 헤어핀, 문구사 앞 뽑기 기계에서 뽑았을 듯한 통통 튀는 고무공, 닳은 지우개, 몽당연필, 발목에 앵두 자수가 있는 양말 한 짝, 노란 슬리퍼 한 짝, 스누피가 그려진 볼펜, 빨간색 레고 블럭, 유리구슬, 티스푼, 손뜨개 인형, 열쇠고리, 베이지색 단추……. 그런 것을 발견하면 흙을 털어내고 물로 깨끗이 씻어 작은 바구니에 모아두었다. 누군가 그것을 찾으러 올지도 모르니까. 실례지만 혹시 이곳에서 손잡이에 꽃모양 장식이 있는 티스푼을 보지 못했습니까. 하늘색 고무공을 찾지 못했습니까. 오래 전 이곳에 살 때 잃어버린 것이 있습니다. 네잎클로버 모양의 열쇠고리인데요, 제가 지금에야 그것을 찾는 이유는……. 과거에 잃어버린 것을 기억하고 그것을 찾기 위해 멀리까지 찾아와 대문을 두드리는 사람을 상상하면 행복했다. 그들이 찾는 것을 기적처럼 꺼내어 건네주는 상상은 천국 같았다. 또한 나의 천국은 다음과 같은 것. 여름날 땀 흘린 뒤 시원한 찬물 샤워. 겨울날 따뜻한 찻잔을 두 손으로 감싸 쥐고 바라보는 밤하늘. 잠에서 깨었을 때 당신과 맞잡은 손. 마주보는 눈동자. 같은 곳을 향하는 미소. 다정한 침묵. 책 속의 고독. 비 오는 날 빗소리. 눈 오는 날의 적막. 안개 짙은 날의 음악. 햇살. 노을. 바람. 산책. 앞서 걷는 당신의 뒷모습. 물이 참 달다고 말하는 당신. 실없이 웃는 당신. 나의 천국은 이곳에 있고

최진영. 홈 스위트 홈

그 또한 내가 두고 갈 것.

*

공사는 무사히 끝났다. 이삿짐을 옮길 일만 남은 집을 바라보며 엄마가 말했다.

자잘한 건 매일매일 고치면서 살아야 해. 이런 집에 살면 손볼 구석이 계속 생기니까. 텃밭도 그래. 매일 풀을 뽑고 흙을 다지고 물을 주고 벌레를 잡고. 그런 사소한 일을 게을리하면 안 돼.

엄마는 여전히 나를 이해할 수 없다고 말했다. 죽음은 이해의 문제가 아니니까. 미래를 이해하는 건 불가능하니까. 나는 이제 미래를 기억할 수 있다고 믿는다. 지금 눈앞에 내가 기억하는 미래가 나타났으므로. 어느 여름날에는 툇마루에 청개구리가 나타날지도 모른다. 나는 그것을 향해 손을 뻗고 청개구리는 사라지고, 나는 이유를 모른 채 울어버릴지도. 나는 다시 아플 수 있다. 어쩌면 나아질 수도 있다. 그리고 언젠가는 죽을 것이다. 탄생과 죽음은 누구나 겪는 일. 누구나 겪는다는 결과만으로 그 과정까지 공정하다고 말할 수는 없겠지. 이제 나는 다른 것을 바라보며 살 것이다. 폭우의 빗방울 하나. 폭설의 눈 한 송이. 해변의 모래 알 하나. 그 하나가 존재하는 것과 존재하지 않는 것 사이에는 차이가 있다. 물론 신은 그런 것에 관심 없겠지만.

아직은 사랑보다 좋은 것을
발견하지 못했어요

최진영 × 노태훈

노태훈   2022년 마지막 시소 선정작 인터뷰를 진행하게 됐습니다. 선정되신 최진영 작가님 모셨습니다. 안녕하세요.

최진영   안녕하세요.

노태훈   이번에 선정된 「홈 스위트 홈」은 『현대문학』 2022년 9월호에 발표하신 소설이니까 얼마 지나지 않아서 기쁜 소식을 듣게 되셨는데요. 처음 연락 받으셨을 때 어떤 생각이 먼저 드셨나요?

최진영   이렇게 선정해주시는 것이 한편으로는 소설을 잘 썼다고 칭찬해주시는 거잖아요. 드문드문 그런 소식을 들을 때마다 저는 자신을 의심해보는 마음이 먼저 드는 편이에요. 그래서 막 기뻐해본 적은 없는 것 같아요. 그게 매 순간 아쉬운 점인데, 순전히 기뻐하는 것도 연습이 필요한 것 같아요. 좋은 소식을 들었을 때 마음껏 기뻐하고 스스로를 칭찬하는 연습.

노태훈   지금까지 꽤 이런 종류의 소식을 많이 들어오신 걸로 알고 있는데 여전히 아직도 뭔가 의심스러우신 건가요? (웃음)

최진영   네. 의심스럽고(웃음), 제가 쓴 소설을 다시 돌아보게 되고, 부끄럽기도 하고 그렇지만 마음 저 깊은 곳에서는 뿌듯한 감정도 있고, 다양한 감정이 있습니다.

노태훈   아무튼 기쁘게 소식을 들어주셨다니 감사한 마음입니다. 이번에 저희가 논의를 진행하면서 조금 특별한 경험을 했던 것이, 이야기를 나누다보니 소설이 더 풍부하게 느껴진다는 점이었어요. 오늘 작가님께서 작품에 관해 이런저런 말씀을 들려주시면 아마 이 소설이 더욱 풍성해지리라 생각합니다.

아주 간단히 요약하면, 이 소설은 젊은 나이에 암 진단을 받고 현재 3기 재발 여부를 앞두고 있는 주인공이 더 이상 내 삶의 시간을 다른 사람에게 맡기지 않고 스스로 만들어야겠다고 다짐을 하고 미래의 삶을 현재로 당겨오는 이야기 정도로 일단은 말씀드릴 수 있을 것 같아요. 구상하시게 된 계기를 우선 여쭤봐야겠죠?

최진영 제가 지속적으로 생각하는 것 중에 '죽음'이 있어요. 삶과 죽음에 대한 고민이겠죠. 이 소설을 쓰던 때에는 '어떻게 죽을 것인가'에 대한 생각이 많았어요. 나이가 들수록 죽음이라는 것이 굉장히 무거운 의미로 다가오더라고요. '어떻게 살 것인가'라는 고민과 마찬가지로 '어떻게 죽을 것인가'에도 집중하게 되고요. '만약 나의 죽음을 내가 선택할 수 있다면 과연 어떤 선택을 할까'라는 생각을 지속적으로 하고 있고, 그런 질문들이 소설에도 꾸준히 드러나는 것 같아요. 제가 이십대 중반이었을 때 저희 외할아버지가 돌아가셨어요. 지병이 있었고 임종이 가까워서 병원에 계셨는데 당시 외할아버지가 "난 집에 가서 죽고 싶다"고 말씀하셨던 게 최근에 떠올랐어요. 이십대 중반의 저는 그 말씀의 뜻과 무게를 이해하지 못했어요. 그런데 지금은 외할아버지가 어떤 마음으로 그런 말씀을 하셨는지 너무 이해가 되거든요. 자기가 살아온 집에서 죽고 싶은 그 마음이. 20년의 시차를 두고서야 이해하게 된 거죠. 그런 생각에 여태 제가 접한 여러 레퍼런스의 퍼즐을 더해가면서 쓴 소설이에요.

이 소설을 쓰면서 제가 도움을 받은 목록을 소개하자면 일단 조한진희 작가님이 쓴 『아파도 미안하지 않습니다』(동녘, 2019)예요. 요즘 많이 얘기하는 질병권에 대한 책이에요. 아픈 건 비극도 불행한 일도 아니고, 아픈 상태로도 잘 살아갈 수 있는 사회를 만들어야 한다는 거죠. 이 책을 읽고 배운 게 많습니다. 또 2020년에 『시사인』이라는 시사 주간지에서 '죽음의 미래'라는 기획 시리즈 기사를 총 다섯 번 실었어요. 685호부터 691호 사이에, 기사 제목은 각각 '당신은 어디에서 죽고 싶습니까' '아픈 몸을 거부하는 사회에게' '의학은 돌봄을 가르치지 않았다' '존엄한 죽음은 존엄한 돌봄으로부터' '죽음의 미래를 찾아서'예요. 제가 『시사인』을 구독하기 때문에 집에 잡지가 쌓여 있거든요. 매번 잡지가 올 때마다 다 읽진 못하고 일단 쌓아두는데, 궁금한 게 있거나 찾아보고 싶은 이슈가 있을 때 쌓아둔 잡지를 들춰보면 제가 찾는 이슈에 관한 기사가 늘 있더라고요. 그렇게 2020년의 기획 기사인 '죽음의 미래'를 뒤늦게 찾아 읽으면서 죽음에 대해 더 구체적으로 생각해보게 되었습니다. 마지막으로 넷플릭스에서 볼 수 있는 〈엔드 게임 : 생이 끝나갈 때〉(2018)라는 다큐멘터리의 영향도 받았어요. 그런 것들을 찾아보는 동안 제 안에서 뭉쳐진 생각이 있어 소설로 쓸 수 있었어요. 여느 때와 마찬가지로 소설 화자에게 감정 이입을 많이 하면서 썼습니다.

노태훈 작가님이 최근에 쓰신 산문들, 특히 저희 『자음과모음』 2022년 가을호 기록 지면에 실으신 「그동안 즐거웠다」를 보면 자전적인 요소가 많이 반영되어 있는 작품이라고 느껴졌는데 여러 텍스트들에서 영향을 받아서 구상하게 되셨다고 하니 더 흥미롭게 느껴지기도 합니다. 역시 이 소설을 읽고 나면 '집'이라는 것에 관해 여쭤볼 수밖에 없을 것 같아요. 소설도 그렇고, 실제로도 그렇고 많은 '집'을 경험하셨죠?

최진영 얼마 전까지는 집에 큰 의미를 두지 않았어요, 남들이 일찌감치 주택 청약을 넣으며 준비할 때도 저는 별 생각이 없었고, '이 집에서 살지 못하면 이사를 가야지'라고 생각하는 편이었어요. 삶의 거처를 옮기는 것에 대해서 큰 부담감 없이 살아왔던 것 같아요. 이사할 때마다 짐 정리를 하면서 살림도 점점 단출해졌고, 저는 짐이 많지 않은 그 상태가 좋았거든요. 그러다가 올해 1월에 제주도로 이사를 갔어요. 제주에 살면서 달라진 점이 있는데, 거칠게 요약하면 더는 이사를 하고 싶지 않다는 생각이에요. (웃음) 이제 이사는 힘들고, 계약 기간이 끝나면 나가야 하고, 못 하나 내 마음대로 박을 수 없는 그런 집이 아니라 평생 살아도 되는 나의 집을 갖고 싶다는 욕망이 처음으로 생겼어요. 이 세상에 나만의 거점이 하나는 있으면 좋겠다는 생각이요. 그럼 나는 어떤 집에서 살고 싶은가에 대해서도 구체적으로 그려보게 되었어요.

〈건축탐구—집〉이라고, 오래된 집을 싼값에 매입해서 시간을 들여 직접 리모델링하는 사람들의 이야기를 보여주는 프로그램이 있어요. 도시를 떠나서 자기가 평생 살 집을 직접 만드는 사람들의 이야기. 그것을 보면서 깨달았어요. 저도 그런 집을 원하고 있다는 것을요. 하늘이 잘 보이고 흙과 나무가 가까이 있는 집. 머리 위에도 사람이 살고 발 밑에도 사람이 사는 집합 건물의 형태가 아닌 집. 저는 손수 지은 집에서 살고 싶어요. 그런 집에서 살고 싶다는 말은 적어도 저에게는 그곳에서 죽고 싶다는 의미거든요. 이전까지 저에게 집이란 언제든 떠날 수 있는 곳에 가까웠어요. 이젠 집의 의미가 달라진 거죠. 그저 사는 곳에서 더 나아가서 나의 생을 마무리하고 싶은 곳으로 의미가 확장된 것 같아요.

노태훈 이 소설에서 다소 독특한 점이 우리가 집에 관해 생각할 때는 대체로 '고향'을 염두에 두잖아요. '홈 스위트 홈'이라는 제목도 그렇고, 어떤 근원으로서의 집, 내가 돌아가고자 하는 공간을 상정하는 경우가 많습니다. 유년기의 따뜻한 추억이 서려 있는 곳, 거슬러 올라가 내 처음의 마음이 탄생한 곳 등으로 우리는 돌아가고 싶어 하고, 소설은 그런 것들을 서사화하잖아요. 그런데 이 소설은 미래의 집을 가지고 옵니다. '시간은 발산한다'는 사유를 통해 일방향으로 흐르는 시간 관념을 전복시키고 미래를 과거처럼 가지고 오는데요. 어떤 생각들을 하셨는지 궁금합니다.

최진영 말씀하신 것처럼 '홈 스위트 홈'은 나의 고향, 과거에 살던 곳에 대한 그리움 같은 의미가 큰데, 저는 그 노래를 그렇게 받아들이지 않았어요. 저는 과거에 대한 환상은 거의 없는 편이에요. 저에게도 추억이 깃든 고향 집이 있지만, 어쨌든 거긴 부모님의 집이고 제가 돌아갈 곳은 아니라고 생각하고요. 저는 어른이 되었고 집을 떠났어요. 나의 '홈 스위트 홈'은 스스로 선택해서 새로 만들고 싶어요. 그래서 과거보다는 미래 쪽으로 눈을 돌린 것 같아요. 미래를 생각하면 나의 선택이 더 중요해지니까요.

시간 말씀을 해주셨는데요, 저는 평소에도 '시간이란 대체 뭘까'라는 생각을 자주 하거든요. 너무 근원적이고 막막한 질문이긴 한데 그래서 더 재미있는 질문이기도 해서요. 인간이라는 존재가 시간에 얽매여 살고 시간에 쫓기는 존재잖아요. 저 또한 시간에 얽매여서 스트레스를 받는 순간이 있어요. 그럴 때 저는 거시적인 관점으로 확 물러나버려요. 미미한 인간에게 시간이란 한 방향으로 흐르는 과거, 현재, 미래죠. 어제와 오늘과 내일이고요. 하지만 우주 공간에는 시간이 없잖아요. 시간은 지적 존재인 인간이 만들고 약속한 개념이고요. 인간은 시간이란 개념을 만들어서 많은 발전을 이루었지만 한편으로는 그것에 굉장히 얽매여 살아가고 있죠. 그렇게 가끔 거시적 관점으로 세상과 나를 바라보면 다른 생각이 들기도 해요.

노태훈　저는 그런 시간 관념이 충분히 납득이 되고 누구나 한 번쯤은 그런 생각을 했을 거라고 보는데요. 좀 신기했던 게 이 인물이 가지고 있는 확신이었어요. '나는 그렇게 할 것이다'가 아니라 '나는 그렇게 했다'고 판단하고 이런 일들을 밀어붙이는 모습이 놀랍기도 했는데요. 이 태도는 결국 멀찌감치에서 스스로를 바라볼 때 획득할 수 있었다고 봐야 할까요?

최진영 그렇기도 하고 한편으로는 이 소설의 주인공처럼 죽음에 아주 가까이 가봤던 존재라면, 죽음이 주변에 있다고 느끼지 못하던 시절과는 다른 방식으로 살 수 있지 않을까 생각했어요. 오히려 자기 미래에 대한 확신이 훨씬 필요할 것 같고 그것을 실현하기 위한 추동력이 생길 수도 있을 테고요.

노태훈 소설에서 죽음은 결국 시간이 사라지는 것이라는 문장을 떠올려보면 이 확신의 근거를 어느 정도 찾을 수 있겠다는 생각도 듭니다. 또 흥미로웠던 부분은, 최근 한국소설에서 집에 관한 이야기가 상당히 많았고 특히 사는 것으로의 집과 사는 곳으로서의 집을 대비하는 서사가 주를 이루었는데요. 물론 이 소설에서도 과거의 집에 관한 구체적인 '금액'이 등장하기는 하지만 상당히 건조하게 처리했다는 인상을 받았습니다. 어떤 의도가 있으셨을까요?

최진영 소설에 언급되는, 주인공이 살았던 다양한 집의 환경과 가격 같은 건 제 경험이 녹아 있어요. 제가 이, 삼십 대에 살았던 집을 돌아보면서 무미건조한 감정으로 썼어요. 그런 경험이 그다지 특별하지는 않겠죠. 서울에서 살아가는 많은 젊은이들이 겪는 일인 것 같아요. 주거 문제가 늘 불안하긴 한데, 저는 그와 같은 불안의 상태에서 오래 살다 보니 오히려 앞서 말씀드린 것처럼 '언젠가는 떠나겠지'라고 체념하는 편이었어요. 내 집을 갖고 싶다는 열망보다는 오히려 짐을 줄여버리는 쪽으로요.

그러다가 집에 대한 생각이 달라진 거죠. 사고파는 집의 개념보다는 오랫동안 살다가 생을 마무리하고 싶은 집을 꿈꾸게 되었어요. 자본의 개념으로서의 집이 아니라 평생 살고 싶은 집을 생각하니까 신기하게도 전혀 다른 형태의 집이 떠오르더라고요. 사람 사는 집은 거의 비슷하잖아요. 아파트의 내부 평면도처럼 단일하고 규격화된 집. 그런데 평생 살고 싶은 집을 상상하니까 굉장히 구체적으로 다른 그림을 그려볼 수 있었어요. 소설에 쓴 것처럼 슬라이딩 문이 좋을 것 같고 주방의 창으로는 이러저러한 풍경을 볼 수 있으면 좋겠고 마당에는 무슨 꽃이 있으면 좋겠다는 식으로요. 몸이 불편해지더라도 편리하게 살아갈 수 있는 집을 생각하게 되었고 그런 과정이 저에게는 의미 있었어요.

노태훈　이 소설에 관해 이야기를 나누면서 흥미롭게 여겨졌던 부분이 두 모녀가 아웅다웅하면서도 매우 씩씩하게 이 일을 진행하고 있다는 거였습니다. 물론 '어진' 같은 연인도 있고, 전문 인력의 도움을 받기도 합니다만, 풀을 베고 물건을 정리하는 일부터 집을 구하고 고치는 일을 실행하는 것까지 이들은 아주 주도적인 모습을 보여줍니다. 이 모녀 관계에 적극적으로 집중하신 이유를 들어보고 싶어요.

최진영　엄마라는 존재가 주는 사랑은 연인의 사랑과 다른 지점이 있다고 생각해요. 딸이 소설에서와 같은 선택을 했을 때 어쩌면 가장 반대할 존재이면서도, 말도 안 된다고 말하면서도, 이해하지 못하는 상황에서도 어떻게든 딸의 바람을 성사시키고 싶어서 애를 쓸 것 같아요. 먼저 살아본 사람으로서의 경험도 한몫할 것 같고요. 소설에서 연인도 충분히 조력을 하지만 저는 엄마의 조력에 더 집중하고 그것을 구체적으로 표현하고 싶었어요. 그리고 소설에 그런 장면이 나오잖아요. 주인공이 엄마의 옆모습을 보면서 나와 가장 닮은 사람이라고 생각하는 장면. 저 사람이 나의 미래일까, 나의 미래를 보는 것만 같다고, 엄마는 나를 보면서 과거를 떠올릴까, 하고 생각하는 부분이요. 앞서 얘기한 시간이란 개념과 연결지어 생각해볼 때도 연인의 조력보다는 엄마의 조력을 더 자세히 그리는 게 좋을 것 같았어요.

노태훈 이 소설에서도 질병이 중요하게 등장하지만 요즘 많이 언급되는 키워드가 '돌봄'입니다. 말기 암 환자를 가족으로 혹은 연인으로 두고 있는 사람이라면 더욱 그렇겠고요. 특히 이 돌봄이라는 행위가 사랑이라는 감정과 연결될 때 모종의 고민이 생겨나는 것 같습니다. 이것과 관련해 질문을 드려보고 싶어요.

최진영 돌봄을 어떻게 바라볼 것인가가 이 소설을 쓸 때 큰 고민거리이긴 했어요. 주인공이 병원으로 돌아가지 않겠다고 선언하는 것은 주변 사람들에게 어느 정도의 걱정과 불안, 피로감과 책임감을 줄 수도 있는 선택이기도 해서 고민이 많았는데요. 제가 이 소설을 써야겠다고 마음먹은 이유 중 하나가 아픈 사람들에게 회복과 치료만을 요구하고, 완치가 아닌 경우를 실패와 절망으로 생각하는 것에 대한 경계심이었거든요.
모두 다 회복할 수는 없어요. 평생 질병과 함께 살아가야 하는 사람들도 있고요. 치료가 불가능해서 증상의 개선이나 유지, 통증 조절에 집중해야 하는 사람들도 있죠. 그런 사람들은 병원이 아닌 자신들의 생활 터전에서 일상을 살아가야 해요. 그런데 이 사회의 시스템은 아픈 사람, 몸이 불편한 사람을 무조건 병원이나 요양원으로 밀어 넣고 그곳에서만 생활하게끔 해요. 몸이 아프거나 불편한 사람이 병원에서 생활하기를 거부하면 이기적인 사람이 되곤 합니다. 고통스러운 치료를 그만두고 나에게 주어진 삶을 일상적으로 살아가겠다고 선택하면 이해받지 못하는 경우도 많고요. 그 정도의 요구마저도 묵살당하는 사회 구조는 그다지 건강하지 않다는 생각이 들었어요. 회복의 의미는 저마다 다르지 않을까요? 마찬가지로 어떻게 살다가 어떻게 죽을 것인가에 대한 희망도 각자 다를 거예요. 사람이 살아가는 과정만큼 죽어가는 과정에도 우리는 최선을 다해야 합니다. 어디에서 누구를 바라보며 마지막 숨을 쉬고 싶은가를 생각해볼 수 있고, 주변 사람들이 그것을 지켜주기 위해 노력할 수 있다고 생각해요. 그렇게 나의 죽음도 보호받을 수 있다는 신뢰 깊은 연대가 생기면 좋겠어요. 그것을 위한 사회적 시스템도 갖춰지길 바라고요. 누구나 아플 것입니다. 누구나 죽음을 맞이할 거예요. 모두가 돌봄을 주고받을 수밖에 없습니다. 그런데도 우리는 병원이나 요양원 같은 기관이 그것을 전부 도맡아서 해결해주길 바라고 주

인터뷰 _ 최진영 × 노태훈

변에는 건강한 삶만을 두려고 해요. 죽음이나 슬픔은 보이지 않는 곳에 치워두려고 합니다.

하지만 저는 죽음이 언제나 내 곁에 있다고 생각해요. 건강에 대한 정보가 넘치는 세상이죠. 건강하지 않은 사람을 자기 관리를 제대로 하지 못한 사람으로 보기도 합니다. 건강검진만 제대로 받아도 아플 일이 없다고 말하는 사람들도 있고요. 하지만 그런 의료 혜택을 받지 못하는 사람도 많고, 건강을 위한 노력을 할 여력이 없는 사람들도 있으니까요. 건강하지 않으면 불행해진다는 강박에 빠져 있는 사회보다는 아프다고 불행한 건 아니라고 생각하는 사람들이 더 많은 사회에서 살고 싶어요.

노태훈　확실히 그런 것 같아요. 저는 아직은 구체적으로 고민해보지 못했지만 제가 사랑하는 사람들이 어떤 돌봄이 필요한 상황이 생긴다면 최대한 곁에서 돌봐주고 싶다는 생각을 하는데요. 반대로 제가 그런 상황에 놓인다면 가급적 폐를 끼치지 않으려고 할 것 같아요. 그게 어쩌면 저 스스로의 판단과 결정이 아니라 사회가 부과하는 무의식적인 억압의 결과일 수도 있겠다는 생각이 듭니다. 제가 어릴 때 조부모님들이 치매를 앓으셨는데요. 그때만 해도 늘 주변에서 그런 분들을 자주 뵐 수 있었어요. 그런데 지금은 다들 요양원에 가 계시죠. 최근까지도 장애인분들이 탈시설과 관련해 계속 시위를 펼치고 계신데요. 우리 사회가 소수자를 배려라는 이름으로 일상에서 배제해왔던 측면이 근본 적인 문제라는 생각이 들어요.

최진영 맞아요. 사람들이 생각하는 표준은 건강한 성인 남성 혹은 건강한 성인 여성에게 맞춰져 있어요. 오직 그들 만이 이 사회의 구성원 같아요. 어린이, 노약자, 장애 인, 아픈 사람들은 시민으로서 누릴 자유와 편의와 권 리에서 배제되죠. 건강한 성인 남성에게만 창창한 미 래가 있는 것처럼 말하는 사람들도 많고요.

노태훈 마지막으로, 좀 어려운 질문일 것 같기도 한데요. (웃 음)『구의 증명』(은행나무, 2015)이 스테디셀러가 돼가고 있고요,『해가 지는 곳으로』(민음사, 2017)도 많은 분이 호응해주시는 소설이 되었습니다. 초창기 작품들이 현 실의 날카로운 면을 포착해 여러 문제가 가시화시키 려던 것에 반해 최근에는 계속 사랑에 관해 쓰시는 것 같아요. 어떻게 하면 우리가 더 사랑할 수 있을까, 어 떤 사랑이 더 가능할까 같은 질문을 품고 있다고도 생 각이 되는데요.

지금 바로 오늘 작가님이 생각하는 사랑은 무엇인가
요?

최진영 여전히 저에게는 사랑이 가장 좋은 것이에요. 인간이
할 수 있는 것 중에 가장 좋으면서도 다양한 것. 우리
가 흔히 생각하는 사랑 말고도 너무나도 다양한 사랑
이 있잖아요. 가족, 연인, 친구, 동료를 비롯해서 함께
살아가는 동물과 식물, 자연과 환경, 자신의 일, 스스
로 지키고 싶은 신념이나 가치관까지 저는 모두 사랑
에 포함된다고 생각해요. 그래도 인간은 사랑을 하는
존재이기 때문에 여기까지 올 수 있었고, 사랑이 있기
때문에 완전히 파멸하지는 않는 방향으로 나아갈 거
라고 믿고 싶어요. 지금도 기후 위기 때문에 2040년
또는 2050년이면 인류가 생존하기 힘들 것이라는 예
측이 나오고 저 또한 그것에 대한 공포와 위기감을 느
끼고 있어요.

하지만 그렇게 좌절만 하고 있을 수만은 없으니까 저
는 믿어보는 거죠. 파멸을 뻔히 알면서도 그 길을 계속
걸어갈 만큼 인간은 어리석지 않다고. 기후 위기에 대
비하기 위해 연구하고 개발하고 협상하는 존재 또한
인간이라고. 그런 것 또한 경제적 가치와 연결지어 생
각할 수밖에 없지만 사명감이나 신념 때문에 기후 위

기를 막으려는 사람들이 분명히 있고, 저는 그 또한 인간이 사랑하는 존재여서 가능하다고 생각해요. 제가 이십대 때는 현실의 문제점을 지적하고 분노하는 소설을 쓸 수 있었는데, 스스로 어른이 되었다고 자각한 순간부터는 그렇게 분노만 하고 있을 수는 없겠더라고요. '우리 모두 망해버릴 거야'라는 분노와 절망에서 조금은 시선을 돌려 '하지만 우리에겐 이런 가능성이 있어'라는 것도 소설에 같이 담아보고 싶은 마음이 들어요. 그 가능성 중에 제가 바라보고 있는 것이 사랑이고, 아직은 그보다 좋은 것을 발견하지 못했어요.

노태훈　다른 걸 발견하기는 좀 어렵지 않을까 싶기도 한데요.

최진영　네, 모두 사랑에 포함이 되더라고요.

노태훈　그러니까요. 이제 다음 계획이나 작업에 관해서도 좀 여쭤봐야 될 것 같아요. 구체적인 것도, 막연한 것도 좋습니다.

최진영　인터뷰 초반에 제가 시간에 얽매이는 인간에 대해 이야기를 했잖아요. 마찬가지로 제가 요즘 시간에 무척 쫓기고 있어서, (웃음) 이런저런 마감들이 있는데요. 어쨌든 어서 장편을 쓰고 싶어요. 나름대로 겨울은 장편을 쓰는 계절로 자리 잡아서요. 지금 구상하고 있는 장편 역시 넓은 의미에서 삶과 죽음에 대한 질문을 담고 있어요. 서로가 서로를 살리는 내용의 소설을 쓰고 싶어요. 제가 그것을 쓰게 되면 2023년에 출간할 수 있겠죠. 그러지 못하더라도 스스로를 믿고 기다려보고 싶습니다.

노태훈 제가 알기로는 특별히 쉬어가시지 않고 거의 매해 꾸준히 독자분들을 만나고 계신 것 같아요. 저희 시소도 곧 단행본으로 만들어질 예정이고, 내년에 계획하고 계신 작품들도 있다고 하니 작가님 작품을 기다리고 있는 저를 비롯한 독자분들께서 기대할 만한 소식이 아닌가 싶습니다. 마지막으로 참여하신 소감 간단히 여쭙고 마무리를 해볼까요?

최진영 우선 제 소설을 선정해주시고 칭찬해주셔서 감사합니다. 다양한 관점으로 읽어주셔서 또한 감사하고요. 저는 그 기운을 받아서 좀 더 잘 써보려고 노력하겠습니다. 그리고 제가 올 겨울에 쓰고 싶은 장편소설도 언젠가는 책의 형태로 나올 수 있기를 희망하고, 그 소설을 여러분이 기다려주시면 좋겠어요. 예전에는 어떤 소설을 준비하고 있다고 말하는 것이 부담스러웠거든요. 못 쓸 가능성이 있으니까요. 하지만 제 소설을 기다려 주는 분들이 있어 저도 소설을 계속 쓸 힘을 얻는다는 것을 깨달았기 때문에 이제는 이렇게 말하고 싶어요. 저는 다음 소설로 다시 인사를 드리겠습니다. 그때를 기다려주시면 좋겠어요.

노태훈 감사합니다. 겨울 시소 선정작인 최진영 작가님의 「홈 스위트 홈」에 관해 이야기를 나누었습니다. 2022년에 선정된 시, 소설 작품들은 내년 초에 단행본으로 출간 될 예정이니 그때 또 많은 독자분들과 이야기 나눌 수 있었으면 합니다. 이것으로 마치겠습니다. 감사합니다.

최진영 감사합니다.

노태훈
문학평론가

수록 작품 발표 지면

임솔아, 「특권」, 『창작과비평』 2021년 겨울호
윤혜지, 「음악 없는 말」, 『문학동네』 2022년 봄호
이미상, 「모래 고모와 목경과 무경의 모험」, 『문학과사회』 2022년 봄호
문보영, 「지나가기」, 『자음과모음』 2022년 여름호
전예진, 「베란다로 들어온」, 『악스트』 2022년 5/6월호
주민현, 「밤은 신의 놀이」, 『웹진 문장』 2022년 9월호
최진영, 「홈 스위트 홈」, 『현대문학』 2022년 9월호

외부 선정위원

시소 두번째
2023 시소 선정 작품집

© 문보영 윤혜지 이미상 임솔아 전예진 주민현 최진영, 2023

초판 1쇄 인쇄일 2023년 2월 3일
초판 1쇄 발행일 2023년 2월 10일

지은이	문보영 윤혜지 이미상 임솔아 전예진 주민현 최진영
펴낸이	정은영
편집	최찬미 방지민
마케팅	유정래 한정우 전강산
제작	홍동근

펴낸곳	(주)자음과모음
출판등록	2001년 11월 28일 제2001-000259호
주소	10881 경기도 파주시 회동길 325-20
전화	편집부 (02)324-2347 경영지원부 (02)325-6047
팩스	편집부 (02)324-2348 경영지원부 (02)2648-1311
이메일	munhak@jamobook.com

ISBN 978-89-544-4877-2 (04810)
    978-89-544-4879-6 (세트)